Estacionamos em frente ao banco pouco depois das 14h. Tim disse que era a hora em que havia pouco movimento, principalmente às quintas-feiras.

Virgil tinha uma espingarda de cano duplo serrado. São boas para assustar as pessoas, dizia Tim. Melhor que uma pistola. Virgil levava a espingarda sob o casaco, apertada contra o peito, presa ao pescoço por uma tira de couro. Tim carregava duas pistolas, como sempre.

– Cinco minutos, Eddie – disse Tim. Então, ele e Virgil entraram no banco.

O relógio no painel era digital. Marcava 14h09.

O relógio marcava 14h12 quando ouvi um disparo de pistola. Em seguida, o estrondo da espingarda de Virgil.

As pessoas começaram a gritar.

Piloto de Fuga

Andrew Vachss

Piloto de Fuga

TRADUÇÃO DE
Alexandre Raposo

CIP-Brasil. Catalogação-na-fonte
Sindicato Nacional dos Editores de Livros, RJ.

V131p
Vachss, Andrew H.
   Piloto de fuga / Andrew Vachss; tradução de Alexandre
Raposo. – Rio de Janeiro: Record, 2009.

Tradução de: The getaway man
ISBN 978-85-01-08199-5

1. Romance americano. I. Raposo, Alexandre. II. Título.

09-1091.
CDD: 813
CDU: 821.111(73)-3

Texto revisado segundo o novo Acordo Ortográfico da Língua Portuguesa

Título original norte-americano:
The Getaway Man

Copyright © 2003 by Andrew Vachss

Editoração eletrônica: Glenda Rubinstein

Todos os direitos reservados. Proibida a reprodução,
no todo ou em parte, através de quaisquer meios.

Direitos exclusivos de publicação em língua portuguesa somente para o
Brasil adquiridos pela
EDITORA RECORD LTDA.
Rua Argentina 171 – Rio de Janeiro, RJ – 20921-380 – Tel.: 2585-2000
que se reserva a propriedade literária desta tradução

Impresso no Brasil

ISBN 978-85-01-08199-5

PEDIDOS PELO REEMBOLSO POSTAL
Caixa Postal 23.052
Rio de Janeiro, RJ – 20922-970

EDITORA AFILIADA

para...
Cammi, Jessie Lee, Johnny the Gambler, Detroit B., Bust-Out Victor, Iberus, J.R., Everett, Water Street, o East Gary Express, a Uptown Community Organization, diversas ruas secundárias e alguns desvios errados.

e para...
Jim Procter, que dirigiu o automóvel.

Agradecimento

Joe R. Lansdale
É verdade, cara. Teríamos sido reis.

Todo assalto precisa de um piloto de fuga. Não importa quão tranquilo seja o serviço. Se você não fugir com o dinheiro não adianta nada.

Aprendi isso ainda criança, quando fui preso pela primeira vez. Quando você é preso uma vez, este se torna seu destino. Eles o deixam sair, mas sabem que vai voltar, e você também sabe.

Lá dentro alguns caras se tatuam para que, lá fora, outros caras saibam onde eles estiveram. Nunca quis me tatuar. Notei que as pessoas percebiam de qualquer maneira.

Todas as vezes que me mandaram para o reformatório foi por roubo de carro. Nunca roubei carros para ficar com eles. Só queria dirigi-los. Queria aprender a fazer aquilo mais do que qualquer outra coisa. Eu só roubava carros para treinar.

Quando se está em um desses reformatórios as pessoas sempre perguntam por que você foi preso. Na primeira vez, sem saber, contei a verdade.

Logo descobri quão idiota tinha sido. Naquela primeira vez, quando contei por que roubava carros, eles me disseram que o que eu fazia nem mesmo era roubo, não passava de diversão. É o que um garoto faz com um carro: diverte-se. Um homem não faria isso.

Pode soar estranho, mas a pior coisa que você pode ser em um reformatório é aquilo que chamam de "garoto". A palavra tem um significado diferente lá dentro. Algo muito ruim.

Logo depois que eu disse a verdade naquela primeira vez, tive de brigar muito. Assim não me tomariam por um garoto.

Na segunda vez que me prenderam, fui mais esperto. Sabia que ninguém compreenderia caso eu dissesse que roubava carros para praticar. Assim, depois daquilo, quando me perguntavam eu sempre dizia: "Roubo de automóveis". Eu não estava a fim de diversão. Eu era um ladrão.

Um ladrão rouba carros para ficar com eles. Para vender, quero dizer. Os bons ladrões de automóveis têm reputação, e as pessoas os contratam para roubar certos automóveis. É como pedir comida em um restaurante: o estacionamento é o cardápio.

É bom ser reconhecido como um ladrão quando você é preso. Melhor ainda é ser reconhecido como um assassino, mas apenas certos tipos de assassino. Se você matar alguém em uma briga, isso é bom. Ou se alguém o tiver contratado para matar outra pessoa.

É muito raro alguém ir para um desses reformatórios por causa de um homicídio assim, mas conheci um sujeito chamado Tyree que foi. Um traficante o pagou para atirar em alguém, e ele atirou. Todo mundo o respeitava. Era um feito digno de um grande criminoso.

Mas nem todo homicídio é garantia de respeito. Os garotos ruins da cabeça não eram de nada. Ninguém tinha medo deles. Como aquele que picou a mãe com um machado. Ou aquele outro que foi para a escola com um rifle e atirou em um bando de meninos que o maltratavam.

Depois de preso, esse menino continuou sendo maltratado, só que era muito pior. Com o tipo de maus-tratos que se pratica lá dentro.

Às vezes acontece um homicídio quando estamos presos. O que lembro melhor foi cometido por um menino muito pequeno. Devon era o nome dele. Um menino maior chamado Rock fez algo com ele e passou a dizer para todo mundo que Devon era *seu* garoto.

Todos sabiam o que tinha acontecido, mas ninguém disse nada, mesmo aqueles que não tinham medo de Rock.

Depois que Devon saiu da enfermaria, pegou um chuço – um pedaço de metal que você afia para transformar em faca. Certo dia, veio por trás de Rock na cantina e o esfaqueou no pescoço. Diante de todos.

Sabíamos que Devon tinha ferido Rock para valer porque não o mandaram para a enfermaria. Em vez disso, chamaram uma ambulância.

Os guardas invadiram e nos trancaram, de modo que não pudemos ver o que aconteceu a seguir. Mas depois soubemos que Rock tinha morrido antes da chegada da ambulância.

Se tivessem deixado Devon ali conosco, ele teria ficado bem. Ninguém tentaria fazer nada com ele, mesmo sendo tão pequeno. Mas eles o levaram embora, para a prisão de adultos.

Na verdade, não conheci Devon. Apenas sabia o nome dele. Mas torcia para que, aonde quer que o tivessem levado, ele conseguisse outro chuço rapidinho.

Sempre quis ser motorista. Era algo que me atraía. Mesmo quando estava praticando para ser bom, não tinha certeza aonde aquilo ia dar. Mas sabia que tinha de fazê-lo.

No lugar de onde vim, um bocado de caras sonha em ser piloto de stock cars. Mas esse nunca foi meu sonho.

Sonhos são coisas de criança. E eu nunca quis ser uma criança. Não há nada bom no fato de ser criança.

Eu tinha fé. Sabia que se continuasse praticando, se me tornasse bom o bastante, poderia ser motorista.

Na primeira vez que os tiras me pegaram, eu era tão pequeno que pensaram que outra pessoa havia roubado o carro e fugido, me deixando com o flagrante. Eles tentaram me forçar a dizer quem tinha feito aquilo.

Eu disse a verdade, que estava sozinho. Um dos tiras me deu um tapa. Não com muita força, mas doeu. Eu não chorei, estava habituado a coisas assim.

Outro tira me disse que eu estava sendo otário, assumindo a culpa de garotos mais velhos. Disse que todos ririam de mim quando eu estivesse na cadeia. Mas nem mesmo me mandaram para a cadeia naquela primeira vez.

Todos os tiras mentem. Os ladrões também, quando falam com os tiras. É assim que são as coisas.

Sei que bons ladrões não mentem para os seus parceiros. Pergunto-me se os tiras mentem para os seus.

Não tenho muitas lembranças da primeira vez que me prenderam, mas sei que foi apenas durante algumas semanas.

Depois disso, me prenderam todas as vezes em que fui pego.

Nas primeiras, porque eu não sabia dirigir. Acho que isso pode parecer uma estupidez, e acho que foi mesmo.

O que quero dizer é que eu não sabia dirigir como uma pessoa normal, portanto chamava atenção. Certa vez fui parado por atravessar um cruzamento sem observar o sinal de "Pare". O tira nem imaginou que o carro era roubado até ver quão jovem eu era. Então percebeu que o carro não podia ser meu.

Outra vez, eu estava em alta velocidade e me pegaram. Não faria diferença alguma eu parecer velho o bastante para dirigir, eu não tinha nenhum dos documentos que o tira exigiu.

Depois de algum tempo me dei conta: se eu pretendia roubar carros, tinha de dirigir como uma pessoa normal indo para algum lugar.

Mas, se dirigisse assim, não poderia praticar como precisava.

Nunca tinha sido preso por mais de seis meses. Até a vez em que fugi dos tiras.

Naquela noite maluca, estava passando diante de um clube de estrada na periferia da cidade. Geralmente eu ia para aqueles lados porque havia um bocado de lugares para treinar: pistas de asfalto duplas e sem sinais de trânsito e muitas estradas transversais de terra batida.

Vi um Camaro laranja-claro com faixas brancas frear e derrapar na terra do estacionamento. Parei o carro para ver o que estava acontecendo. Achei que talvez o Camaro estivesse desafiando alguém para uma corrida, e eu queria assistir. Mas todos os outros carros estavam estacionados.

De repente, a porta do Camaro se abriu e uma garota saltou. Ela se afastou rapidamente. O motorista saiu e gritou algo para ela, que continuou andando. Ele foi atrás dela, mas ela deu-lhe as costas e correu para trás do prédio. Ele a seguiu.

O cara havia deixado a porta aberta. Dava para ver a fumaça escapando pelo cano de descarga. Nem pensei. Quando dei por mim, estava ao volante do Camaro, saindo do estacionamento em alta velocidade.

O Camaro era um carro maravilhoso, o primeiro veículo realmente rápido que dirigi. Fiquei um pouco desapontado por ter transmissão automática. Àquela altura, eu dirigia muito bem carros com marcha.

Sabia que não teria algumas horas daquela vez. Mas pareceu que haviam se passado apenas alguns minutos quando ouvi a sirene e vi as luzes brilhantes no espelho retrovisor.

Foi quando eu os obriguei a me perseguirem. Não me lembro muito bem da fuga além do fato de não conseguir ouvir coisa alguma. Era como se eu tivesse ficado surdo ou algo parecido. Mas aquilo não me assustou. Nada me assustou naquela noite. Eu estava dirigindo, eles estavam me perseguindo. Eu achava que era assim que devia ser.

Eu estava fugindo, mas não tinha para onde ir. E estava fazendo tudo certo, até que a lagarta de pregos que estenderam na estrada furou os pneus.

Quando parei o Camaro parecia que havia uma dúzia de tiras me cercando. Continuaram a aparecer, cada vez mais. Acenderam luzes tão fortes que eu não conseguia olhar na direção deles. Gritavam coisas para mim, mas eu não entendia o que diziam.

Saí do carro e ergui os braços como via as pessoas fazerem na tevê. Vi um bocado de armas apontadas para mim. Fui em direção a eles. Continuaram gritando comigo.

Não vi o tira que me agarrou pelas costas. Então, apareceram vários outros. Alguns puxavam meus braços para trás para prenderem as algemas. Outros me socavam, chutavam, me batiam com cassetetes. Após algum tempo, perdi a consciência.

Daquela vez ninguém disse coisa alguma a respeito de diversão. Fui indiciado por uma série de crimes. O mais grave era resistência à prisão, como me disse o advogado que veio me visitar no hospital.

Antes disso, eu nunca tive um advogado. Não um de verdade. Os advogados que tive trabalhavam para o tribunal. Ficavam atrás das mesas, com grandes pilhas de papel à frente. Tudo o que me perguntavam era meu nome, para poderem verificar nos papéis.

Aquele advogado era um sujeito baixinho e bigodudo. Contei para ele o que havia acontecido. Balançou a cabeça como se eu fosse um idiota e ele não compreendesse o que eu tinha feito.

Não caí na besteira de tentar explicar.

O advogado me falou que eu deveria me declarar culpado por tudo. Se fizesse isso, não seriam tão severos.

Quando saí do hospital, fui a julgamento.

Havia alguns tiras no tribunal. Contaram algumas mentiras e algumas verdades. Fiz o que disse o advogado. O juiz me fez algumas perguntas e eu respondi "sim" ou "não".

Ao perguntarem como meu rosto ficou todo machucado e minhas costelas se quebraram, respondi que aquilo aconteceu quando o carro bateu, embora eu não tivesse batido em nada.

O advogado havia me aconselhado a dizer isso. Enquanto eu respondia à pergunta, vi um dos tiras olhando para mim. Pela cara dele, percebi que o advogado tinha razão.

O juiz falou um bocado a meu respeito. Quando passou a palavra para a oficial de liberdade condicional, ela não teve muito o que dizer.

De qualquer modo, eu não tinha grandes coisas a meu favor. A não ser que eu era apenas um menino – e meu advogado repetiu isso diversas vezes.

O advogado disse que entrei em pânico ao ouvir a sirene. Aquilo me deixou furioso, mas eu não disse nada. Ele era o advogado.

Então, o juiz caiu de pau em cima de mim. Falou que eu não tinha entrado em pânico coisa nenhuma, que eu era um criminoso frio e que ele não queria ouvir qualquer desculpa para meu comportamento. Realmente gostei quando ele falou aquilo. Era como se anulasse o que o advogado gordo dissera. Fiquei feliz por ter ficado calado.

O juiz disse que acrescentaria à minha ficha uma recomendação para que eu não pudesse tirar carteira quando tivesse idade para isso, porque eu era um perigo atrás de um volante. Queria que o pessoal do último lugar onde fiquei preso estivesse no tribunal quando ele falou "um perigo atrás de um volante".

O lugar onde me puseram depois do Camaro era para meninos mais velhos. Era como uma fazenda. Todos dormíamos em dormitórios, e tínhamos de trabalhar de dia.

Todo dormitório tinha um chefe. Quer dizer, um garoto-chefe. O chefe ou era o mais forte ou o mais esperto, ou ambos. Às vezes havia dois chefes no mesmo dormitório. Como quando havia bastante gente branca para formar uma gangue e eles elegiam um chefe branco.

Havia um menino chamado Hector que estava conosco. Ele não era branco, mas também não era negro. Os outros meninos diziam que ele era mexicano, mas nunca o vi falando espanhol. Hector disse que, no lugar de onde ele veio, as gangues eram apelidadas de "carros". Assim, se alguém entrasse para uma gangue, diziam que ele havia entrado em um carro.

Gostei daquilo, embora não tenha gostado de o chefe ser chamado de motorista. Eu não queria ser chefe de ninguém, mas tinha de ser o motorista.

Foi na fazenda que conheci caras que faziam trabalhos. Trabalhos que precisavam de motorista, quero dizer. Assaltos à mão armada. Aqueles caras estiveram em outros lugares onde estive antes, mas nunca se misturavam com amadores como eu, gente que roubava carros para se divertir. Mas, com a prisão por causa do Camaro, fui visto como um ladrão de verdade. Um ladrão que obrigou os tiras a persegui-lo.

Todo mundo queria saber sobre aquela perseguição. Mudei a história um pouco ao contá-la. Disse que a perseguição durou uma hora, com eles atirando em mim o tempo inteiro.

Não estava preocupado que alguém verificasse. Corria o boato que alguns chefes podiam conseguir que os guardas levantassem a ficha de alguém, mas eu sabia que a minha estava de acordo. Quando fui preso, a mulher que me fez um bocado de perguntas sobre escola e coisas assim também me perguntou sobre o espancamento.

– Dizem que você se feriu quando o carro que você roubou bateu, Eddie. Isso é verdade?

Pelo modo como ela olhou para mim, vi que estava pronta a acreditar em mim caso eu contasse outra história. Mas eu disse:

– Não, senhora, não exatamente.

Ele se inclinou um pouco em minha direção e disse:

– Bem, então *o que* aconteceu?

– Eu estava bem ao sair do carro – respondi. – Mas, então, quando os tiras tentaram me algemar, briguei com eles.

– Você agrediu os policiais? – perguntou, afastando-se de mim.

– Sim, senhora – respondi.

Vi que ela escreveu algo na minha ficha. Fiquei feliz. Ela era uma mulher legal, mas eu não me importava com a opinião dela. Não importava o que o juiz, os tiras ou qualquer outra pessoa pensasse a meu respeito. Só me importava com a opinião dos caras que estavam presos comigo.

Brigar faz parte de estar preso quando você é criança. Não é tão ruim, mas você tem de estar pronto para se apresentar quando seu nome for chamado, ou vão acabar chamando você de "garoto" no mau sentido.

É a mesma palavra, "garoto", mas dá para notar qual a conotação pelo modo como as pessoas falam. Às vezes, quando as pessoas dizem "ele é um garoto", querem dizer apenas que você é inexperiente, que não sabe das coisas. Não é muito bom, mas não tem muita importância. Você sempre pode aprender, daí não será mais inexperiente, não importando quão jovem você seja.

Mas se dizem que você é o garoto de alguém isso significa que você faz coisas para essa pessoa. Melhor a morte. De vez em quando acontece. Um garoto faz sua escolha.

Há outras escolhas. Se você é esse tipo de garoto, quer dizer, se alguém está tentando *torná-lo* esse tipo de garoto, você pode conseguir uma condicional-de-cerca – que é como chamam quando alguém foge.

Se você tentar isso, as consequências são muito ruins. Não é apenas a surra que você leva quando o pegam. Ou a solitária onde o esquecem. Acontece que os sujeitos que o perseguem são iguais a você.

Havia um grupo especial de garotos assim. Eles não ficavam conosco. Tinham o próprio dormitório. Também não comiam conosco.

É preciso ser muito forte para ser um guarda infantil. Porque se os guardas de *verdade* o rebaixarem e o fizerem voltar a dormir no dormitório com os outros, você vai acabar se ferindo alguma noite. Isso é certo.

Se o lugar o assusta, mas você tem medo de fugir, pode pedir aos chefes para trancarem-no em uma das solitárias. É seguro lá. Mas todos sabem por que você foi para a solitária, de modo que nunca poderá sair.

A solitária é apenas uma das coisas que o confundem quando você é preso pela primeira vez. Se for preso ali por algum motivo, como por causa de uma briga, por exemplo, isso o fortalece. Mas se você for para lá porque pediu, se enfraquece à vista dos outros.

Era como dirigir, pensei. Conhecer o carro não basta. Você precisa conhecer as estradas também.

Mesmo se você for preso por um crime dos bons, se não tiver amigos lá dentro provavelmente terá de brigar. A condenação nem sempre conta toda a história, então as pessoas o testam.

Você não precisa ganhar a briga, mas tem de continuar lutando até alguém interrompê-la.

E se você não tem amigos lá dentro, todo mundo fica de olho em você. Querem ver que tipo de gente você é. O que acontece com você depende do que descobrem.

Comigo aconteceu que uma das gangues viu que eu era legal, então fui admitido. Entrei no carro, como dizia Hector. Depois disso, a única vez que tive de brigar foi quando a minha gangue entrou em conflito com outra.

Quando me deixaram sair, eu conhecia um bocado de gente que fazia assaltos e precisava de motorista.

Sempre vou me lembrar da primeira vez. Era uma dessas lojas 24 horas que vendem de tudo. O cara que me encontrou, Rodney era o nome dele, disse que já tinha trabalhado lá, de modo que sabia onde estavam as coisas, até mesmo como abrir o cofre nos fundos da loja. Disse que guardavam muito dinheiro lá dentro porque, uma vez por semana, pela manhã, tinham de pagar os entregadores.

Rodney disse que tinha tudo planejado. Um trabalho para três homens. Um para render o balconista, outro para pegar o dinheiro, um terceiro para dirigir.

Mas na noite em que deveríamos fazer o assalto, quando fui ao lugar onde Rodney estava, ele e Luther, o outro cara, estavam doidões de cristal, zumbindo como vespas dentro de um vidro, falando tão rápido que eu mal entendia uma palavra.

Ambos tinham pistolas. Rodney empunhava a dele, dizendo que se aquele branco filho-da-puta não entregasse a grana ia haver cabelo grudado nas paredes, coisas assim.

Eles não queriam que eu roubasse um carro. Queriam usar o de Rodney.

— Você pode estacionar nos fundos, mano — explicou. — Onde fica a lixeira. Lá atrás é tão escuro quanto um negro desdentado dentro de um saco de carvão. Ninguém vai ver nada. Além disso, coloquei placas frias no carro.

Tive vontade de dizer a eles que não queria fazer aquilo, mas não conseguia dizer as palavras. Não que eu estivesse com medo. Quer dizer, eu *estava* com medo, mas não do roubo em si. Tinha medo de que, caso eu desistisse, o boato se espalharia e ninguém mais iria me querer como motorista.

O carro de Rodney tinha algo de errado no silencioso. Era muito barulhento. Quando passávamos, dava para ouvir o barulho ecoando nos carros estacionados junto ao meio-fio.

Eu sabia que aquele não era o jeito certo de agir.

Paramos ao lado da loja, fora do alcance das luzes.

– Deixe-me esperar aqui – eu disse. – É melhor do que dar a volta pelos fundos.

– Não se tivermos de *sair* pelos fundos, seu babaca – disse Rodney. – Apenas faça como planejado.

Quis dizer para ele que não tínhamos plano algum, mas já era muito tarde para isso.

– Agora é a hora mais tranquila – disse Rodney. – Às 3h30 nunca tem ninguém lá dentro.

– Vamos – disse Luther.

Eu não disse nada. Eu sabia quem era o chefe.

Quando Rodney mandou, estacionei ao lado da loja. Bem devagar, deixando o carro deslizar, de modo que o escapamento não fizesse muito barulho. Ambos saíram. Tive de baixar o encosto do banco para Luther. Um Mustang não tem muito espaço na traseira.

– Vou ficar ali – disse para eles, apontando para um ponto escuro além da lixeira. Rodney estava certo quanto à escuridão.

Puseram as meias de náilon no rosto, olharam um para o outro, se cumprimentaram, batendo as mãos espalmadas, e se foram.

Desliguei os faróis e parei o Mustang no lugar combinado. Dei a ré para me assegurar de que havia espaço suficiente. Abri a porta do passageiro para que pudessem entrar rapidamente. A luz da cabina se acendeu. Tirei a tampa e arranquei a lâmpada. Então movi o espelho para poder enxergar atrás de mim.

Era difícil ver bem porque chovia naquela noite. Lembro-me disso porque eu estava preocupado com as estradas. Queria ter tido mais tempo para treinar em pista molhada.

Pareceu ter passado muito tempo, mas acho que não passou. Ouvi barulho de gente correndo sobre o cascalho, então eles dobraram a esquina rapidamente.

Ambos tentaram entrar no carro ao mesmo tempo, então Luther entrou primeiro e Rodney sentou-se ao meu lado.

— Vamos! — gritou Rodney.

Saí devagar, porque não tinha certeza se alguém lá dentro sabia que estávamos nos fundos, e eu não queria revelar em qual direção fugiríamos.

Ainda estávamos perto da loja quando Rodney começou a gritar.

— Merda, merda, merda! — Ele batia no painel com o cabo da pistola. — Droga!

Eu tinha medo de que ele tivesse matado alguém, mas não ouvi tiros.

Ninguém nos perseguia.

Quando voltamos, descobri por que Rodney estava tão furioso.

— Nem sequer uns malditos 200 dólares — reclamou, olhando para as notas espalhadas sobre a mesa da cozinha. — Mudaram o negócio do cofre. Grandes filhos-da-puta!

Luther apenas balançava a cabeça. Ele estava sorrindo, mas muita gente faz isso quando está excitada e nervosa.

Rodney dividiu o dinheiro em três. Ganhei 60 e poucos dólares.

Na manhã seguinte, a tevê disse que dois homens haviam roubado a loja e fugido com pouco mais de 35 mil dólares.

Aprendi com aquele trabalho. Quanto mais pensava a respeito, melhor entendia o que de fato tinha acontecido. Enquanto achava que Rodney e Luther não eram profissionais, eles pensavam o mesmo a meu respeito. Se eu fosse um motorista profissional, jamais teria aceitado aquele trabalho. Teria usado outro carro com o qual eu tivesse praticado, para me certificar de que se sairia bem caso as estradas estivessem escorregadias. E teria estabelecido com antecedência qual seria a minha parte.

A princípio, achei que não tinham um plano. Usar o carro de Rodney com o silencioso ruim foi uma estupidez. E cheirar antes de sair, aquela foi a parte mais assustadora. Eu tinha medo de que estivessem muito drogados e acabassem atirando em alguém. Mas acabei descobrindo que sempre tiveram um plano.

Eu não soube do restante do plano durante um bom tempo. E só descobri por acidente. Estava procurando nos jornais um carro velho que eu pudesse ajeitar, quando vi a matéria.

PRESO ASSALTANTE DA LOJA McMARTIN
Dois outros homens estão sendo procurados

No momento em que li a manchete, meu coração disparou. Estava certo de que Rodney ou Luther havia sido preso, e qualquer um que fosse, dado com a língua nos dentes.

Não sou um grande leitor, mas posso me sair muito bem caso leia devagar. Só que eu não conseguia ler devagar daquela vez e tive de ler a matéria diversas vezes antes de entendê-la.

O preso não era Rodney *nem* Luther. Era um sujeito que trabalhava na loja. Um "infiltrado", como disse a polícia. A matéria dizia que não havia sido um roubo. O cara que trabalhava lá apenas abriu o cofre e entregou o dinheiro para eles.

Fui um garoto idiota desde o início. O garoto de Rodney, era como eu me sentia. Não foi tanto por terem me enganado, e sim pelo fato de nem mesmo terem precisado de um motorista.

Esperava que nunca prendessem Rodney ou Luther. Não porque me importasse com o que aconteceria com eles. Tinha medo de que falassem.

Não aos tiras. Tinha medo de que, ao voltarem a ser presos, contassem aos outros que eu era apenas um garoto idiota, não um motorista de verdade.

Ao que eu saiba, nunca pegaram Rodney ou Luther. Achei que o infiltrado os tivesse denunciado, mas o jornal dizia que os tiras estavam procurando outros dois homens, não três. Então, provavelmente Rodney e Luther nem mesmo disseram ao infiltrado que *tinham* um motorista.

Depois disso, passei a ser muito mais cuidadoso. Conheci um cara que queria carros roubados. Ele tinha um grande ferro-velho, onde desmanchava os carros e vendia as peças para lojas e outros lugares que precisavam de partes diferentes de certos automóveis.

Era o que eu sempre disse que fazia. Quando estava preso, quero dizer. Portanto, parecia certo que aquilo se tornasse realidade. Talvez também fizesse parte de meu destino.

Trabalhei para o Sr. Clanton por quase um ano. Ele me pagava dependendo de quanto o carro roubado valia para ele, mas nunca pagou menos de 500 dólares por serviço, de modo que eu não tinha de trabalhar com muita frequência.

Fui perseguido algumas vezes, mas foi diferente da época em que eu dirigia sem ter para onde ir. Eu sabia que não podia voltar ao ferro-velho se os tiras estivessem me perseguindo de perto, mas o Sr. Clanton me revelou diversos lugares onde eu poderia esconder o carro e ir embora a pé. Tudo o que eu tinha a fazer era abrir alguma distância entre eu e os tiras e esconder o carro, explicou.

Após algum tempo me tornei um bom arrombador. Nunca ficava muito tempo ao volante. O ferro-velho do Sr. Clanton ficava longe da cidade. O último trecho da estrada não passava de uma trilha de terra batida entre as árvores. Aprendi a correr sem faróis. Assim, ninguém poderia me seguir sem que eu soubesse.

Havia um lugar onde eu podia estacionar e esperar. Aquilo era difícil, ficar ali sentado com o motor desligado, ouvindo as sirenes. Mas eu tinha de fazê-lo. A pior coisa que podia acontecer era eu levar os tiras ao ferro-velho do Sr. Clanton. Ele disse que se isso acontecesse eles poderiam arranjar um mandado de busca, e várias pessoas seriam presas.

Quando o Sr. Clanton falou aquilo eu estava no escritório dele. Havia outros homens ali. Acho que eram as pessoas de quem ele falava.

Eu dirigia um belo Mercedes azul na noite em que fui pego. O Sr. Clanton sempre gostou daquele carro. Ele dizia que um Mercedes era como um porco gordo – dava para fazer dinheiro com cada pedacinho dele.

Vi o tira antes que ele me visse, acho. Xerife de condado. Por ali, a polícia rodoviária cuidava da interestadual, os tiras tomavam conta do centro da cidade, mas os carros do xerife iam aonde queriam. Há um bocado de polícia no lugar de onde venho.

Não foi como daquela vez com o Camaro. Eu não estava correndo nem nada. E tinha uma carteira de motorista com minha fotografia. A carteira era falsa. Consegui de um cara a quem o Sr. Clanton me encaminhou. Parecia ser quente, mas nunca a usei, a não ser naqueles lugares onde exigem a carteira para você comprar cigarros.

Quando pegava um carro, sempre olhava no porta-luvas. Às vezes as pessoas deixavam dinheiro ali, mas não era isso o que eu procurava. Queria os documentos do carro e do seguro. Daquela vez tive sorte. Ou, pelo menos, pensei ter tido.

Por isso, quando o xerife apareceu atrás de mim com as luzes do teto piscando, não tentei fugir.

Na tevê, quando os tiras param alguém em um carro, sempre tratam o motorista de "senhor". Aquele tira não me tratou assim.

Mostrei para ele os documentos do porta-luvas. Ele me disse para eu esperar onde estava e voltou ao carro-patrulha. Eu podia ter fugido, mas sabia que não poderia ser mais rápido que o rádio dele. Então simplesmente fiquei ali. Como naquela vez junto à lixeira, esperei que outra pessoa decidisse o que aconteceria a seguir em minha vida.

O tira voltou ao Mercedes bem devagar. Sua mão direita estava junto ao corpo, perto da pistola.

— Você é parente de Jayne Howard? – perguntou.

— Não, senhor – respondi. – Eu não a conheço.

— Os documentos que me deu dizem que este carro é propriedade de certa Jayne Howard.

— Não sei nada a esse respeito, senhor.

— Então, onde conseguiu este carro?

— Bem, conheci um cara em um bar. Ele me disse que precisava que alguém levasse o carro dele para Atlanta. Ele me ofereceu 200 dólares para fazer isso.

— É mesmo? Onde em Atlanta?

— No Classy Club, em Peachtree – respondi.

Lembrei que um dos caras que conheci na cadeia estava sempre falando sobre aquele lugar. Como se fosse um lugar famoso ou algo assim.

O tira balançou a cabeça como se estivesse pensando. Ele me fez mais algumas perguntas. Achei que estava me saindo bem. Até ver os outros dois carros de polícia estacionando.

O tira que me prendeu disse para o sujeito da recepção que não teve qualquer problema comigo. Que eu era um cavalheiro. E enquanto me fotografavam, ouvi-o dizer para outro tira:

— Dez contra um que esse garoto não vai dizer uma palavra. É um profissional.

Queria agradecer as palavras dele, mas não sabia como dizer aquilo sem parecer um idiota.

Depois que me prenderam, perguntaram se eu queria fazer um telefonema. Jamais ligaria para o Sr. Clanton, e eu não tinha ninguém mais para quem ligar.

Após alguns dias me levaram ao tribunal. Havia um defensor público lá. Um negro. Jovem. Ótima aparência, vestia um belo terno.

Ele me levou para uma sala onde podíamos conversar em particular. Disse para ele o que falei para o tira. Ele sorriu com tristeza.

Mais tarde naquele dia houve uma espécie de julgamento curto. Para ver do que me acusariam, eu acho. Apenas o tira testemunhou. Meu advogado fez muitas perguntas sobre o que ele fez depois de me prender. Parecia que estava querendo dizer que o tira não se preocupou em confirmar a minha história.

Depois que isso acabou, voltei para a cadeia.

O advogado veio me ver outra vez alguns dias depois.

— Você não me disse que tinha ficha policial — falou.

— Desculpe.

— Um histórico de roubo de carros.

— Acho que tenho — eu disse.

— Não importa. Apenas diga-me a verdade. Só assim posso ajudá-lo.

— Já contei.

Ele voltou a sorrir com tristeza. Parecia mais velho quando fazia aquilo.

– Qual é, Eddie? Você acha que sou idiota o bastante para acreditar no seu conto de fadas? Ou é idiota o bastante para pensar que o júri vai acreditar?

– É tudo o que posso dizer – respondi.

– Não, não é. Escute. O assistente da promotoria disse que suspenderá sua sentença em troca de cooperação.

Eu não sabia o que era um assistente de promotoria, mas sabia o que queria dizer "cooperação".

– Não – eu disse.

Ele balançou a cabeça, como se já esperasse aquilo de mim.

Algumas semanas depois ele voltou para me ver. Trazia papéis brancos presos a uma contracapa azul.

– Sabe o que há de errado com a sua história? – perguntou. – O miolo da ignição estava arrombado. Não fosse por isso, considerando seu histórico, quer dizer, você poderia ter cinquenta por cento de chances com o júri.

– O carro estava ligado quando o cara estacionou – eu disse. – Não olhei para a ignição.

– Sei. Bem, Eddie, o acordo é o seguinte: você não vai ganhar este caso, mas eles não querem perder tempo julgando um roubo de carro da liga juvenil. E o carro não estava batido, de modo que nenhuma empresa de seguros vai querer usá-lo como exemplo. No fim das contas, vão indiciá-lo por má conduta, caso assuma.

– Assumir o quê?

– Uso sem permissão.

– O que é isso?

– Exatamente o que diz a frase – explicou. – Dirigir um carro sem permissão do dono. Vão retirar a acusação de roubo de automóvel, de modo que não haverá mais crime. Que tal?

Ele parecia estar muito contente, como se tivesse se saído muito bem.

– Quanto tempo vou pegar?

– Sem antecedentes... como adulto, pelo menos. Com uma alegação de má conduta, provavelmente pegará seis meses no condado.
– Quer dizer que vou ficar aqui?
– Vai. E considerando o tempo que já está preso, mais o tempo que irão descontar se você não se meter em confusão, talvez quatro meses.
– Eu... não sei.
– Será só você, Eddie – disse o advogado. – Você admite ter dirigido o carro sem permissão e pronto. Não terá de dizer mais nada.

Quando saí procurei o Sr. Clanton. Ele disse que eu era um bom garoto. Disse conhecer gente que precisava de um motorista como eu.

Foi assim que acabei na penitenciária estadual. O Sr. Clanton me apresentou a Tim e Virgil. Eles eram irmãos. Tim era o mais velho, e Virgil obedecia às ordens dele. Não quero dizer que Tim era o chefe ou algo parecido. Ele só sabia mais coisas.

Tim era apenas alguns anos mais velho que Virgil, mas Tim sempre o chamava de "garoto". Do modo como falava, dava para ver que não era no sentido usado na prisão.

O primeiro assalto que fizemos foi em uma loja de bebidas. Apenas estacionei na frente e esperei enquanto eles ficaram lá dentro. Virgil ficou junto à porta. Tim entrou.

Pareceu ter passado apenas um minuto quando voltaram correndo para o carro. Fugimos com tranquilidade. Não ouvimos qualquer sirene.

Quando chegamos à longa curva antes da estrada de terra batida que levava ao ferro-velho do Sr. Clanton, Tim me pediu que parasse. Ele e Virgil saíram do carro e Tim veio até minha janela. Disse que eu levasse o carro da fuga para o ferro-velho e o deixasse com o Sr. Clanton – apenas ele o chamava de Seth. Lá eu encontraria um outro carro que poderia usar para voltar.

O dinheiro estava no banco da frente dentro de uma bolsa de ginástica amarela e preta. Tim disse para eu esperar dois dias e ligar para ele no número que ele tinha me dado. Se tudo estivesse bem, eu deveria levar o dinheiro para ele e Virgil.

Não estava bem certo do que Tim queria dizer com dois dias, então esperei até a noite do segundo dia para ligar.

Tim atendeu o telefone. Reconheceu minha voz. Falou que estava tudo bem e me disse para ir até a casa deles.

Tim e Virgil moravam em um velho trailer duplo, em um bosque fechado a alguns quilômetros da cidade, ao pé de algumas colinas baixas. Era um belo trailer, com molduras de madeira e laterais de alumínio. Era muito grande, mas estava parado tão nos fundos do terreno que não dava para ser visto da estrada.

Bati na porta e Virgil abriu. Ele fez um sinal com a cabeça para que eu entrasse. Tim estava sentado à mesa da cozinha.

— Trouxe o dinheiro, Eddie? — perguntou.

— Está aqui — respondi, levantando a bolsa de ginástica.

— Sente-se — disse Tim. Ele pegou a bolsa de ginástica e a ergueu com uma das mãos, como se estivesse tentando adivinhar o peso. — Quanto havia aqui dentro?

— Não sei — respondi.

— Não sabe contar? — perguntou Virgil.

— Não olhei.

Virgil fez um barulho com a garganta. Tim olhou para Virgil até ele ficar quieto. Então abriu a bolsa de ginástica.

— Vejamos — disse ele.

Ele tirou o dinheiro, que estava dividido em pequenos maços presos com elásticos.

— Conte — falou para Virgil.

Tim acendeu um cigarro. Perguntou se eu queria um. Eu disse que sim.

Virgil contou durante alguns minutos.

— Aqui tem 1.644 dólares.

Tim não falou nada. Apenas olhou para Virgil alguns segundos.

— O que foi que eu disse? — perguntou.
Virgil estendeu a mão para que eu a apertasse. Não entendi por que fez aquilo, mas eu o cumprimentei.

Tim contou algum dinheiro e entregou para mim.
— Aqui estão 600 dólares — disse ele. — Virgil e eu vamos dividir o restante. Certo?
— Claro.
— Nessas lojas não há muito dinheiro.
— Esta não é a minha parte — falei. — Sou o motorista.
— Certo. A loja de bebidas foi um tipo de teste, compreende?
— Eu... acho que sim. Ao menos acho que sim.
— Você dirige como um profissional — disse Tim.
E aquilo me fez sentir muito melhor do que quando recebi o dinheiro.

Tim foi até uma parede onde havia um telefone. Discou um número.
— Sua amiga Rochelle está ocupada esta noite? — perguntou.
Não pude ouvir o que a pessoa respondeu do outro lado. Então Tim falou:
— Ah, ela vai gostar *desse* menino, tenho certeza.

Não sei o quanto Rochelle gostou de mim, mas gostei muito dela. Pela manhã, levei-a de carro para o trabalho. Ela era garçonete e trabalhava no turno da manhã.
Continuei a vê-la durante algumas semanas depois disso. Usei um pouco do dinheiro do assalto para comprar um bracelete que ela viu na vitrine de uma loja. Rochelle disse que tinha adorado o bracelete, portanto eu sabia que gostaria caso eu o comprasse para ela.

Certa noite, Rochelle me contou que o homem dela voltaria em breve, que tinha sido solto da prisão do condado e voltaria para morar com ela. Disse que o sujeito era muito ciumento, e ela não poderia voltar a me ver.

Não fiquei chateado. Nunca achei que uma garota como Rochelle ficaria muito tempo comigo.

– Obrigado por me dizer – falei. – Sem saber, eu podia passar em sua casa algum dia e não seria legal.

Rochelle me lançou um daqueles olhares que eu nunca entendi.

– Quer o bracelete de volta, Eddie? – perguntou.

– O bracelete é seu. Comprei para você. Acho que você pode dizer para o seu homem que o conseguiu...

– Não perguntei porque estava preocupada com isso... Ah, esqueça, querido. Cuide-se.

Ela me deu um beijo e foi embora.

Mais tarde naquela noite, Virgil veio até o galpão onde eu estava trabalhando em um dos carros.

– Rochelle estava fazendo um favor para você, Eddie – disse ele. – Aquele homem dela, Leon, é doido de pedra. Você vai ter de matá-lo.

– Eu acho que sim...

Virgil ficou calado alguns minutos. Então disse:

– Você gosta dela o bastante para fazer algo assim?

– Não – respondi.

– Então está bem – disse ele.

Fumamos um cigarro cada um, olhando para a Lua crescente. Então, Virgil voltou a entrar.

Depois daquela primeira vez, não fizemos mais testes. Era tudo para valer.

Um dos assaltos foi em uma agência de correio. Fomos até lá à noite. Virgil estava vestindo uma daquelas roupas acolchoadas usadas por pessoas que trabalham em frigoríficos. Tim deu uma marretada na vitrine. Virgil protegeu a cabeça com os braços e atravessou a vitrine na parte quebrada. O alarme disparou, bem alto.

Virgil correu e abriu a porta por dentro para que Tim pudesse ajudá-lo.

O alarme continuava a tocar. Tim disse que tínhamos de fazer tudo em três minutos. Ele me disse para ficar de olho, mas para não fazer qualquer barulho até os tiras aparecerem.

Tim e Virgil saíram. Carregavam um grande malote postal cinza, que jogaram no porta-malas antes de entrarem no carro.

– Dirija como se o diabo estivesse atrás de você, Eddie – disse Tim.

O malote estava cheio de coisas. Selos em sua maioria. Havia um pouco de dinheiro, não muito. Boas mesmo eram todas aquelas ordens de pagamento em branco. Tim disse que conhecia um sujeito que pagaria um bom preço por elas, mas que teríamos de entregá-las logo, antes que os federais conseguissem a lista.

Uma coisa eu aprendi com Tim: era melhor perder um longo tempo planejando um grande golpe do que fazer vários golpes pequenos com pressa. Depois de algum tempo comecei a participar do planejamento. Apenas a parte da direção, mas aquilo era muito importante, como disse Tim. Principalmente a rota de fuga, mas também qual carro usar.

O ferro-velho do Sr. Clanton era tão grande que dava para fazer um carro novo usando apenas peças dos velhos. Ele me ensinou a cortar placas ao meio para fazer placas novas, que não estariam listadas como sendo de carros roubados caso um tira as visse.

– Pode nos conseguir um carro *bem* veloz? – perguntou Tim certa noite.

– Novo ou fora de linha? – perguntei. Há uma grande diferença, mas a maioria das pessoas não sabe disso.

– Nós *seremos* perseguidos, Eddie – disse ele. – Conte com isso.

– Como os tiras podem...?

– Não os tiras. Vai ser uma corrida. Se ganharmos, conseguiremos *muito* dinheiro. E ninguém vai chamar os tiras.

– E o que acontece se...?

– Nós morremos – disse Virgil com um grande sorriso nos lábios.

O Sr. Clanton tinha no depósito um velho Chevy de stock car. Corria na categoria Sportsman Modified alguns anos antes.

– O dono cansou de jogar dinheiro fora – disse-nos o Sr. Clanton. – O idiota tinha um piloto que passava mais tempo reclamando do que na pista. Nunca conseguiu um patrocinador decente, aí troquei o carro por alguns motores. Está parado aqui desde então.

Passei um bocado de tempo com aquele carro. Instalar um novo motor não foi difícil – toda a frente do carro se levantava e havia espaço de sobra para trabalhar. A suspensão é que era o problema.

– Este carro foi feito para correr em círculos – disse o Sr. Clanton. – Passou toda a triste vida fazendo curvas para a esquerda. Afora isso, a relação de marchas é curta demais.

Eu disse que tinha certeza de que poderia consertá-lo, e ele me deixou usar a oficina para tentar. Toda vez que fazia uma modificação eu testava o carro, para ter certeza de que funcionaria.

Certa noite, Virgil me perguntou por que diabos eu estava demorando tanto. Antes que eu pudesse dizer qualquer coisa, Tim falou:

– Eddie sabe o que está fazendo.

O que me deixou ainda mais determinado a fazer aquilo com perfeição. Quando acabei, o carro parecia normal caso você não chegasse muito perto. Cheguei a instalar os faróis. Havia apenas um banco na frente, mas não iríamos muito longe. O ruim era que aquele carro de fuga só tinha duas portas. Demorava mais a entrar em um carro como aquele caso houvesse mais de um passageiro. Mas Tim disse que também tinha um plano para aquilo.

O prédio ficava junto à encosta de uma colina, de modo que era preciso subir um longo lance externo de escada para se chegar à porta do segundo andar. Isso na lateral. A frente era no mesmo nível do chão – ali ficava o strip club.

– O jogo é lá em cima – disse Tim. – Mas a perseguição vai vir pela frente. Terão de pedir ajuda lá de baixo.

— E se furarmos os pneus deles? — perguntei. — Assim não poderão nos perseguir.

— Viu quantos carros estão no estacionamento, Eddie? Não sabemos quais são os dos leões-de-chácara. Teríamos de furar todos os pneus. De qualquer modo, há muito tráfego no estacionamento, gente entrando e saindo todo o tempo. Se alguém nos vir furando os pneus, já era. Você terá de *pilotar*, garoto. Tudo bem?

— Entendi.

Fiquei orgulhoso por Tim ter me tratado assim. Igual a Virgil.

Liguei o motor. Fomos até um lugar ao pé da escada. Tim e Virgil saíram.

Subiram a escada e perdi-os de vista quando entraram.

Fechei os olhos um segundo, para recapitular a rota de fuga. Então esperei.

Alguém desceu correndo. Era Virgil. Pegou a lata de boca larga que deixou lá embaixo, subiu novamente metade da escada e começou a espalhar gasolina pelos degraus enquanto descia.

Ouvi três tiros. Tim desceu correndo a escada carregando um saco de lavanderia em uma das mãos. Quando chegou no trecho em que havia gasolina, jogou o saco e pulou. Enquanto ele ainda estava no ar, Virgil ateou fogo à escada.

Acelerei o motor, engatei a primeira e segurei a embreagem no fundo.

Virgil jogou o saco de lavanderia pela janela. Caiu perto de mim. Ele entrou atrás. Tim na frente. Tiraram as máscaras.

As chamas lambiam a escada. Soltei a embreagem. Saímos daquele estacionamento como um tiro de espingarda. O stock car derrapou um pouco na terra, mas eu estava preparado para aquilo e não tirei o pé do acelerador.

A estrada era uma reta de oito quilômetros antes de haver qualquer chance de desvio. Eu não enxergava luz alguma atrás de nós.

— Conseguimos! — disse Tim, olhando por sobre os ombros.

Estávamos quase no primeiro desvio quando vi duas picapes vindo em nossa direção. Subitamente pisaram no freio e bloquearam a estrada.

— Bem, vejam só. Os caipiras têm um rádio faixa do cidadão, hein? — disse Virgil. Eu não conseguia ver seu rosto porque ele estava sentado atrás de mim, mas sabia que ele estava sorrindo forçado.

Pisei no freio enquanto acelerava e reduzi até a segunda. Quando começamos a derrapar, girei o volante até o limite. O stock car ficou de lado e derrapou violentamente em direção às duas picapes. Girei o volante de volta para a esquerda e os contornamos com um metro de folga.

Uma parte grande do para-brisa desapareceu antes mesmo de eu ouvir os tiros.

— Venham, seus babacas! — gritou Virgil no meu ouvido, atirando pela janela com sua pistola.

Tim estava em algum lugar debaixo de todo aquele vidro, mas vi que estava se mexendo.

Tudo ficou lento então. Podia ver tudo acontecendo como se estivéssemos debaixo d'água. Senti alguns tiros atingirem a traseira do carro como se as balas estivessem entrando em mim. O rosto de Tim estava todo ensanguentado. Tentava erguer a arma. Uma das picapes veio atrás de nós. Tinha uma fileira de luzes muito brilhantes no teto.

— Tira a gente daqui, Eddie! — disse Tim. Falou baixo, mas para mim pareceu um grito.

Dobrei a primeira esquina e pisei fundo. Percorrera aquelas estradas diversas vezes, treinando. Sentia como se houvesse um fio ligando minhas mãos às rodas dianteiras, como se eu estivesse dobrando meu corpo ao redor daquelas curvas. De vez em quando via o brilho dos faróis da picape, mas não conseguiam se aproximar o bastante para atirar. Pelo menos não ouvi tiro algum.

Quando vi a árvore enorme com o grande "X" que pintei com tinta branca, soube que estávamos quase em casa. Mais adiante na estrada havia uma curva muito fechada ao redor de um grupo de pedras. Podia ouvir a picape se aproximando. Pisei fundo no freio, derrapando só um pouquinho. Então reduzi ainda mais, de modo que mal nos movíamos. Ouvi Virgil carregar outro pente na pistola.

Olhei para Tim. Ele finalmente empunhava sua arma, mas não conseguia se virar o bastante para atirar pela janela.

A picape se aproximava. Pisei no acelerador segurando na embreagem, para me certificar de que o carburador estava limpo. No segundo em que vi o brilho das luzes da picape acelerei outra vez. O stock car contornou aquela curva como água correndo dentro de um cano.

A picape achava que estávamos indo muito mais rápido do que de fato estávamos e, àquela altura, era tarde demais para reduzirem a velocidade. Não vi a batida, mas a ouvi.

– Eles estão acabados! – gritou Virgil.

Quando voltamos, descobrimos que Tim estava todo cortado, mas nada sério. Eu nem mesmo sabia que tinha sido atingido até a garota de Tim, Merleen, terminar de limpá-lo e se aproximar de mim.

– Sua orelha está sangrando, Eddie – disse ela.

– Provavelmente foi algum pedaço de vidro, como aconteceu com Tim.

– Deixe ver... Droga! O lobo de sua orelha quase foi arrancado. Uma bala deve ter passado rente ao seu rosto.

– Não me lembro de nada assim.

– Está queimado também. Como se você tivesse sido baleado à queima-roupa – disse Merleen.

Ela derramou um pouco de álcool na minha orelha, passou uma pomada branca e fez um curativo bem apertado. Eu parecia um idiota, mas não doeu.

Àquela altura eu já tinha entendido o que havia acontecido, mas não disse nada. Não queria que Virgil se sentisse mal.

– Não gosta disso? – perguntou o Sr. Clanton.

Referia-se a desmontar o stock car e se livrar das peças.

– Não, senhor – respondi.

– Aquele carro foi um *cavalo* para vocês, garotos – disse o Sr. Clanton.

Queria explicar para ele que não me importava com os carros, só em dirigi-los. Mas achei que pareceria uma idiotice, então apenas balancei a cabeça como se estivesse triste. Era aquilo que o Sr. Clanton esperava de mim, eu acho.

Virgil me mostrou como enterrar dinheiro dentro de vidros de conservas. Dinheiro não passa de papel. Se você não vedar bem, pode apodrecer, principalmente se o deixar ali muito tempo.

Não podíamos gastar o dinheiro logo, disse Tim. As pessoas que estavam naquele jogo de pôquer tinham gente por toda parte. Se começássemos a esbanjar por aí, eles acabariam descobrindo.

Perguntei se Tim podia guardar minha parte.

– Escondo metade para você, Eddie – respondeu. – A outra metade, guarde você mesmo.

– Por quê?

– Você não deve guardar todo o seu dinheiro em um único lugar – respondeu. – E se eu tiver de voltar para pegar meu dinheiro? Com pressa, entende? Posso não ter tempo de despistar. Qualquer um que esteja atrás de mim também encontrará sua parte.

– Se isso acontecer, você pode levar minha parte com você.

– Eddie... não dá para fugir *sempre*. Não todas as vezes. Se eu for pego, *todo* o dinheiro vai desaparecer. O seu também, entende?

– Acho que sim. Mas eu sempre posso...

– Metade – disse Tim. – Nada mais.

Virgil era ótimo cozinheiro. Especialista em churrascos. Ele fez a própria churrasqueira no lado da casa, usando tijolos especiais de uma famosa churrascaria de Kansas City. Virgil disse que após tantos anos os tijolos ficavam com sabor, e qualquer coisa que você assasse ali também ficaria com aquele sabor.

Eu nunca sabia quando Virgil estava brincando comigo, mas o churrasco que fazia era tão bom que ele poderia abrir um restaurante. Tim sempre insistia no assunto. Dizia que deveríamos ter negócios normais e legítimos, porque ladrões nunca morrem de velhice, e não podíamos ficar naquela vida para sempre.

Virgil disse que algum dia faríamos isso. Teríamos uma grande churrascaria. Virgil seria o cozinheiro e Tim, o gerente.

— Também teremos uma bela oficina ao lado — disse Tim. — Talvez uma loja de autopeças ou de motores. Certo, Eddie?

— Claro — respondi. Mas eu realmente queria que eles me pedissem para trabalhar no restaurante.

Certa tarde estávamos todos junto à churrasqueira. Virgil preparara a carne o dia inteiro — tinha carne de todo tipo, não apenas de porco, como a gente vê em alguns lugares — e estava começando a acender o fogo. Chegou um carro. Um carro velho, é tudo de que me lembro.

Uma mulher saltou. Era corpulenta, com cabelo castanho liso.

— Brenda — disse Tim para Virgil.

A mulher veio até onde estávamos.

— Preciso falar com você — ela disse para Tim.

Tim olhou para Virgil. Então inclinou um pouco a cabeça para o lado, para mostrar que estava ouvindo.

— Wallace... — disse a mulher.

— Não vou fazer isso de novo, Brenda — disse Tim. — Ele é seu homem. Sua escolha. Acha que esqueci o que aconteceu antes?

— Isso é...

— O quê, Brenda? Isso é diferente? Quantas vezes você já apareceu aqui, pedindo dinheiro porque Wallace lhe deu uma rasteira e ficou com o seu cheque? Mas isso não foi o bastante, certo? Você esperou eu sair e veio até aqui às escondidas. Virgil olha para seu rosto todo machucado, e o que ele faz?

— Não achava que ele...

— Brenda, você não presta, sua puta mentirosa — disse Tim, a voz calma como se estivesse perguntando se ela queria uma cerveja. — Você acha que só porque somos parentes vai nos enganar toda vez?

— Tim, eu juro...

— *Não* jure porra nenhuma — disse Tim. — Não foi o juiz quem mandou meu irmão para a prisão daquela vez, Brenda. Foi você.

— Desculpe. Você sabe que eu jamais...

– Você jamais o quê? – perguntou Virgil, a voz baixa e macia, como a de Tim. – Jamais me faria cumprir pena no condado por ter espancado aquele merda do Wallace? É, você faria. Você *fez*. Mas quer saber, Brenda? Não é por isso que estou farto de você, mesmo sendo a babá da mamãe. Não me incomodei por ter sido preso. Achava que tinha valido a pena. Achei que Wallace tinha aprendido a lição e que ficaria com medo de mostrar as caras para você. Então, o que aconteceu?

– Virgil...

– Você reatou com ele – continuou Virgil, ainda calmo. – Eu preso fazendo trabalho pesado em uma maldita estrada enquanto Wallace tinha de volta seu traseiro favorito.

– Não há nada aqui para você, Brenda – disse Tim. – Achei que nunca mais fôssemos vê-la outra vez, e é assim que queremos que seja. Você pode ser uma piranha idiota, mas não é tão *idiota* a ponto de não saber o que sentimos por você. Se mamãe estivesse viva, ela cuspiria na sua cara pelo que fez com Virgil, portanto não venha invocar o nome dela, como já fez outras vezes.

– Não é por mim – disse a mulher. Seu rosto estava todo contorcido, como se fosse chorar. Mas não chorou. – É por Janine.

– Não conheço nenhuma Janine – disse Tim.

– É a filha de Wanda e de Roy – disse Brenda. – Você sabe que Wanda foi atropelada e morta por aquele motorista bêbado no ano retrasado. Depois, Roy descobriu que tinha câncer. Ele está no hospital, esperando para morrer. Então peguei Janine para viver comigo. Uma vez que sou parente e tudo mais.

– É, você é uma mulher de bom coração, com certeza – disse Tim. – De quanto é o cheque que o governo lhe paga para você ficar com ela?

– Não foi por isso que fiz o que fiz. Se eu não tivesse me oferecido, Janine teria ido para um orfanato. E você sabe como são esses lugares.

– Seja breve, Brenda – pediu Virgil. – Para mim, a carne que está na brasa é mais importante do que você.

– Quem é ele? – perguntou Brenda, olhando para mim.

– Não é da sua conta – disse Tim. – *Nada* aqui é de sua conta. É um homem em quem confiamos. Se não quiser falar na frente dele, pode ir embora.

— Ela está no carro — disse Brenda.
— Quem?
— Janine. Tive de trazê-la comigo. Ela só tem 12 anos. Não poderia deixá-la sozinha em casa.
— Brenda... — Tim havia perdido a paciência.
— Wallace anda abusando dela! — disse a mulher. — Acabei de saber, eu juro. Não sei o que fazer. Ela tem medo dele. Não posso ir à polícia, porque...
— Você fica aqui — interrompeu Tim. — Fica aqui, e não diz uma palavra. Ninguém vai ouvir você mesmo...
Tim foi até o carro de Brenda. Eu o vi dar um tapinha no vidro. Depois de um minuto mais ou menos, a janela do carro baixou. Vi alguém lá dentro, mas não consegui enxergar quem era.
— Desculpe — disse Brenda para Virgil.
Ele agiu como se ela não estivesse ali.
Tim abriu a porta do carro. Uma menina saiu. Tudo o que pude ver foi que era magra, tinha cabelo castanho-claro e usava uma camiseta amarela que ia até os joelhos. Caminhou com Tim até que não pude mais vê-los.

Ficaram longe por um bom tempo. Brenda continuou tentando falar com Virgil, mas ele não falava com ela.
— Eddie, você me faria um favor?
— Claro.
— Vá lá em casa e pegue minha pistola.
— Qual?
— Qualquer uma — respondeu Virgil.
— Virgil... — disse Brenda.
Quando voltei com a pistola de Virgil, Tim e a menina estavam retornando. Tim abriu a porta do carro, e a menina entrou. Tim estendeu-lhe a mão e ela a segurou por um segundo. Então Tim veio até onde estávamos.

– Sua puta escrota – disse Tim para Brenda. Sua voz estava tão baixa e tranquila que mal dava para ouvir. – Você não descobriu apenas que Wallace andava fazendo mal à menina. Você também descobriu que ela está grávida, não é? Então agora você está na maior enrascada, certo? Como sempre.

– Ela está mentindo, Tim!

– Mentindo sobre o quê? Mentindo sobre quando ela foi lhe dizer que Wallace a estava agarrando e você deu um tapa na cara dela e disse que Wallace era o homem da casa? Mentindo sobre quando Wallace bateu nela com um cinto até sangrar e você não fez nada? Mentindo sobre a vez que você acordou à noite e encontrou Wallace na cama dela?

Tim aproximou-se de Brenda. Ela deu um passo atrás.

– Diga, Brenda – disse ele. – Realmente quero saber.

– Juro que eu...

– Já lhe falei sobre esse negócio de jurar, Brenda. Lembra-se de quando eu disse que se mamãe estivesse viva ela cuspiria em você? Bem, se mamãe soubesse o que você fez com aquela menina, ela *mataria* você, sendo ou não irmã dela.

– O que vou fazer?

– *Você?* O que *você* vai fazer? Vai levar Janine à previdência social e contar-lhes a verdade. A *verdade*, sua puta nojenta. Se eu descobrir que protegeu Wallace, vou atrás de você, entendeu?

– Mas se Janine contar, Wallace vai...

– Tome – disse Tim, entregando algum dinheiro para ela. – Não volte para casa, entendeu? Vá a um motel. Tem o bastante aí para algumas semanas, comida e tudo o mais. Pode demorar alguns dias até pegarem Wallace, e ele não vai conseguir sair sob fiança quando for preso, então você poderá voltar para casa.

– Um motel não é lugar para...

– Janine não vai ficar com você, Brenda. Você vai deixá-la na assistência.

– Mas ela vai acabar em...

– Onde quer que ela acabe, vai ser melhor do que ficar com você.

Brenda começou a chorar.

– Você não compreende, Tim – disse ela. – Você não é mulher.

– Nem você – disse Tim.

Estávamos à mesa da cozinha mais tarde naquela noite quando Tim disse:
— Temos um trabalho a fazer, Eddie.
— Tudo bem.
— O negócio é que não haverá partilha dessa vez. Não vai haver grana. Então, vamos apenas lhe pagar como se o tivéssemos contratado, tudo bem?
— Claro — respondi.
Levantei-me e saí. Rápido, antes de demonstrar qualquer coisa em minha expressão.

Fiquei lá fora um longo tempo. Nunca me senti tão triste em minha vida.
Ouvi os dois se aproximando por trás de mim. Não me virei.
— Quer uma linguiça? — perguntou Virgil. Ele sabia que eu adorava linguiça.
— Não, obrigado — respondi.
— Não o culpo — disse Tim. — Quem iria querer comer com uma dupla de babacas como a gente?
Não disse nada. Sabia que minha voz ficaria trêmula caso falasse. Ambos se aproximaram.
— Pedimos desculpa, Eddie — disse Virgil. — Não pretendíamos insultar você.
— Está tudo bem — respondi.
— Não, não está — disse Virgil. — Não deveríamos ter lhe oferecido dinheiro. Deveríamos apenas ter pedido que dirigisse para nós.
Eu não queria falar. Tinha vontade de chorar, estava muito triste.
— Não, Eddie, isso não está certo — disse Tim —, não deveríamos ter *pedido* nada.
Eu o encarei.
— Você está conosco — disse Tim. — Nós com você. Sangue não representa nada. Brenda não é nossa parente, Eddie. Você, sim.
E aquele foi o melhor momento que já vivi neste mundo.

Passei os dias seguintes em casa. Todos cuidávamos de nossa parte.

— Janine está na assistência social — disse Tim quando desligou o telefone. — Ninguém sabe onde Brenda está.

— Pegaram Wallace? — perguntou Virgil.

— Não. E não vão pegar.

— Como assim? — perguntei. — Quando a menina contar quem...

— Janine não *vai* contar — disse Tim.

— Por que não?

— Fizemos um pacto — disse Tim. — Um pacto de sangue, entre parentes. Se ela contasse, sabe o que aconteceria?

— Wallace iria preso?

— Talvez. E mesmo que fosse, seria apenas durante alguns anos. E daí?

— Mas ele deve estar preocupado — disse Virgil. — Imaginando se o bicho vai pegar.

— Ele não está preocupado com a lei — disse Tim. — Ele está preocupado conosco.

— Ele não sabe...

— Claro que sabe, maninho. Não acha que a puta da Brenda ligou para ele logo depois? Droga, provavelmente ela está com Wallace agora. Com certeza ele não está dormindo em casa. Não vai nos dar a chance de pegá-lo sozinho. Especialmente depois que escurece.

Tim tinha um plano. Esperamos algumas semanas, então saímos para fazer o serviço.

— É ele — disse Tim. — Aquele escroto de casaco marrom. Mas tem muito tráfego.

— Está tudo bem — eu disse, enquanto passávamos pelo salão de bilhar no outro lado da rua.

O salão de bilhar era um desses lugares onde você pode apostar, jogar dados ou comprar coisas. Na frente havia alguns bancos e um bocado de mesinhas e cadeiras onde as pessoas jogavam cartas e dominó ou comiam os sanduíches vendidos lá dentro. Havia muito negócios naquele lugar.

Passei outra vez em frente ao salão, então fiz o retorno e me aproximei na mão certa.

Wallace estava na frente, em uma das mesas do lado de fora, tomando uma cerveja com dois outros caras. Não o encontramos por acaso. Tim disse que ele era frequentador do lugar e passava a maior parte do tempo no salão de bilhar.

Virgil estava no banco de trás, com a janela aberta. Tinha um saco de lona cheio de areia sobre o peitoril para apoiar o rifle. Tim estava na frente, perto de mim. Tinha uma pistola em cada mão.

Todos estávamos vestindo casacos brancos idênticos. Tim e Virgil baixaram meias de náilon pretas sobre o rosto. Todos usávamos luvas pretas. Eu estava com um chapéu de caubói branco e óculos escuros.

Havia carros parados em frente ao salão de sinuca, mas havia espaço entre eles. Parei o carro.

Wallace não olhou em nossa direção.

– Recua só um pouquinho – disse Tim. – Preciso de um ângulo melhor... isso!

Reduzi para a primeira marcha, pisei no freio com o pé esquerdo e acelerei um pouco. Olhei para o espelho retrovisor esquerdo para ter certeza de que não seríamos bloqueados quando fugíssemos. Então eu disse:

– Tudo bem.

Uma bomba passou bem atrás da minha cabeça. Então Tim descarregou as duas pistolas, como se estivesse regando um jardim com duas mangueiras. Tirei o pé esquerdo do freio e acelerei.

Atravessei o tráfego o mais suavemente possível, tentando ser rápido mas sem chamar atenção para nós. Tive de passar um sinal vermelho em uma esquina, mas isso não era incomum, era como as pessoas dirigiam por lá.

Alguns quarteirões depois, um carro de polícia veio em nossa direção, sirene ligada. Mas passou direto, provavelmente a caminho do salão de sinuca.

Quando tive certeza de que ninguém nos seguia, estacionei atrás da rodoviária e Virgil saltou. Ele carregava um saco de viagem sobre o ombro. Ali dentro estavam as três armas, as máscaras, meu chapéu de caubói, e dois pares de luvas. Fiquei com as minhas porque ainda estava dirigindo.

Depois disso ficou tudo bem. Levei Tim até o outro lado da cidade, onde o carro dele estava estacionado. Ele iria buscar Virgil na rodoviária, como se o irmão estivesse voltando de viagem.

Fiquei sozinho. Não estava preocupado com um alerta geral no carro. Era um Toyota Camry cinza e se parecia com um milhão de outros carros na estrada. Apenas dirigi pelos becos até encontrar um lugar tranquilo. Então saí, deixando a porta aberta e o motor ligado, exatamente como aquele cara do Camaro havia feito.

Foi exatamente como Tim disse que ia acontecer. O chefe de polícia apareceu na televisão. Era um cara de rosto quadrado, usando um terno comum. A mulher que fazia perguntas para ele usava um bocado de maquiagem. Seu cabelo era louro, duro, como um capacete.

– O tiroteio parece estar relacionado com gangues – disse o chefe. – Recentemente, temos verificado aumento significativo no tráfico de drogas em nossa região. Atribuímos isso a um influxo de gangues de grandes áreas metropolitanas. É um padrão comum. São como vendedores tentando estabelecer novos territórios.

– É verdade que vocês já têm suspeitos? – perguntou a mulher.

– Não quero comentar isso agora – respondeu o chefe. – Não queremos dizer nada que comprometa a investigação em curso.

Achei que talvez estivessem tentando nos enganar, fazendo com que pensássemos que não sabiam o que de fato acontecera. Mas então a mulher da tevê falou com duas pessoas que estavam lá, no lado de fora do salão de sinuca. Ambos disseram que negros haviam feito os disparos, um carro cheio deles.

Provavelmente teríamos continuado para sempre, não fosse aquele banco. Foi Tim quem o descobriu. Ele estudava coisas assim e era um ótimo planejador.

O banco ficava a uma hora de onde morávamos. Era pequeno, antigo, em um lugar elevado na periferia da cidade. Tim disse que o banco já existia antes mesmo da cidade ser construída, quando a única coisa por perto era a fábrica.

— Era uma vila operária — disse Tim.
— O que é isso? — perguntei.
— É quando o único lugar de trabalho que existe ali é uma única empresa, Eddie — explicou. — Como quando há uma mina por perto e nada mais. Então, a empresa mineradora é proprietária das casas em que moram os trabalhadores e também das lojas onde eles compram as mercadorias.

"É como estar na cadeia. Se você tiver dinheiro guardado, pode comprar coisas no almoxarifado, certo? Doces, cigarros... até vitaminas em algumas prisões. E coisas para sua cela, como um rádio. Só que há somente um almoxarifado, de modo que você não tem escolha. Se quiserem vender barras de chocolate branco por 5 dólares, e se você quiser chocolate branco, tem de pagar 5 dólares.

— Mas não devia ser igual a uma prisão de verdade — eu disse. — Então por que as pessoas que viviam nessas cidades não pegavam os carros e iam fazer compras em outro lugar?

— As coisas eram diferentes naquela época — disse Tim. — Quando havia essas vilas operárias, provavelmente você não teria um carro caso morasse em uma delas. Além disso, não pagavam em dinheiro vivo. Davam-lhe vales.

— O que é um vale?

— É como um pedaço de papel que você pode usar como se fosse dinheiro. Mas só serve para as lojas da empresa.

— Isso não é errado? — perguntei.

— Nossa avó achava que sim — disse Tim. — Foi ela quem contou para mim e para Virgil sobre as vilas operárias.

— Ela morou em uma cidade assim?

— Claro. Ela e meu avô, há muito tempo. Ela era muito velha quando nos falou sobre isso.

— Seu avô era minerador?

— Não por muito tempo — respondeu Virgil.

— O que houve?

— Arranjou um negócio próprio — respondeu Tim, sorrindo, como sempre fazia quando estava feliz.

– Que negócio?
– O mesmo em que estamos agora, Eddie.
– O que aconteceu com ele?
– A polícia o pegou – disse Virgil.
– Foi preso?
– Jamais – disse Tim. – Meu avô foi baleado pela polícia. Vieram buscá-lo e ele não quis se entregar.

Tim disse que, ao meio-dia, toda quinta-feira, o banco estava cheio de dinheiro. Isso porque quinta-feira era o dia de pagamento na fábrica, e todo mundo ia ao banco descontar seu cheque. O carro-forte entregava o dinheiro cedo pela manhã. O primeiro turno na fábrica acabava às 15h, portanto tínhamos aquilo que Tim chamava de uma janela: tínhamos de entrar enquanto ainda estivesse aberta.

– Estou observando aquele banco há mais de um ano – disse para nós. – Só há um guarda, e deve ter quase 100 anos. Passa todo o tempo conversando com os clientes, como se fosse uma loja de departamentos, ou algo parecido. Há apenas uma câmara, e podemos anulá-la com tinta em spray. Acho que há alarmes silenciosos e coisas assim, mas tudo de que precisamos são cinco minutos, então Eddie nos tira de lá.

Tim recostou-se na cadeira, fumando um cigarro como se fosse um grande charuto.

– Meninos, aquele banco é como uma cereja no topo de um bolo de chocolate. Tudo o que precisamos fazer é pegá-la.

Nunca soube o que aconteceu dentro daquele banco, pelo menos até o julgamento.

Estacionamos em frente ao banco pouco depois das 14h. Tim disse que era a hora em que havia pouco movimento, principalmente às quintas-feiras.

Virgil tinha uma espingarda de cano duplo serrado. São boas para assustar as pessoas, dizia Tim. Melhor que uma pistola. Virgil levava a

espingarda sob o casaco, apertada contra o peito, presa ao pescoço por uma tira de couro. Tim carregava duas pistolas, como sempre.
— Cinco minutos, Eddie — disse Tim. Então, ele e Virgil entraram no banco.
O relógio no painel era digital. Marcava 14h09.
O relógio marcava 14h12 quando ouvi um disparo de pistola. Em seguida, o estrondo da espingarda de Virgil.
As pessoas começaram a gritar.
Liguei o motor e dei ré até o carro ficar bem em frente à porta do banco.
Ouvi mais tiros. Então tudo ficou em silêncio.
Saí e abri ambas as portas de trás. Voltei ao banco do motorista e olhei pelo espelho para ver quando Tim e Virgil saíssem.
Ouvi sirenes ao longe.
Engatei a alavanca de marcha e pisei no freio para manter o carro no lugar.
O relógio no painel marcava 14h17 quando o primeiro carro de polícia apareceu. Havia outro bem atrás. Depois, um bando deles.
Os tiras saíram e esconderam-se atrás dos carros, apontando as armas para a porta do banco. Um deles tinha um megafone. Ele gritou, mandando que eu saísse do carro e me deitasse no chão.
Esperei por Tim e Virgil.
Então os tiras começaram a atirar.

Acordei no hospital. Havia tubos saindo de mim. Não sei quanto tempo demorou até eu sentir as algemas ao redor de meus tornozelos.
Os tiras apareceram. E homens de terno. Fizeram um bando de perguntas. Eu estava tão tonto que era fácil não respondê-las.

A enfermeira tinha unhas pintadas de vermelho. Era um tanto gorducha, mas estava bonita naquele uniforme branco.
— Você realmente roubou aquele banco? — ela me perguntou baixinho quando não havia ninguém por perto.

— Hein? — eu disse.
Ela fez uma cara feia. Então, pegou uma agulha grande e me deu uma injeção.

Certo dia apareceu um advogado. Um velho, com um bocado de cabelo preto e denso que ele penteava para trás.
— Podemos falar sobre o que aconteceu? — ele me perguntou.
— Hein? — respondi.

Fomos julgados juntos. Nós que sobramos. O advogado me mostrou papéis que diziam que estavam julgando Tim e eu por duas acusações de homicídio em primeiro grau e quatro páginas de outros crimes. Não acusaram Virgil, porque Virgil estava morto.
— A segunda acusação é de homicídio em primeiro grau por cumplicidade — disse o advogado. — Se uma pessoa morre durante um ato criminoso, todos os envolvidos no crime podem ser considerados responsáveis.
— Não entendi — eu disse. E era verdade.
— A teoria da promotoria é que depois que os ladrões renderam todo mundo, um deles foi até os caixas. Foi quando o gerente-assistente sacou uma arma. Atirou no que tinha a espingarda. Então, o outro ladrão atirou, matando-o instantaneamente.
"O ladrão com a espingarda disparou um tiro, mas não atingiu ninguém. Parecia mortalmente ferido, e o outro não quis abandoná-lo. Eram irmãos, talvez isso explique.
Eu não disse nada.
— O motivo de você estar sendo acusado de homicídio é porque você participou da tentativa de assalto. Motorista, obviamente. Não entendo por que você não fugiu antes de a polícia chegar.
Deixou a pergunta no ar, como fazem as pessoas quando querem que você termine o que estão dizendo. Mas não terminei.

Eu ainda estava enfaixado quando o julgamento começou, mas mantiveram as algemas nos meus tornozelos mesmo assim. Tim estava cheio de correntes ao redor da cintura.

Durante todo o tempo em que interrogavam as testemunhas, Tim não olhou para mim. Nenhuma vez.

Seu advogado não fez qualquer pergunta. Mas quando começaram a falar de mim, meu advogado se levantou, como se tivesse negócios a tratar.

– Policial – perguntou à testemunha –, quantos tiros calcula que foram disparados contra o carro no qual estava sentado meu cliente?

– Não sei dizer. Se ele tivesse saído do carro quando nós...

– Mais de cinco tiros, policial?

– Acho que sim.

– Mais de dez?

– Não sei.

– Bem, policial, não é verdade que cada tiro disparado pela polícia estadual tem de ser registrado e justificado? Cada bala?

– Sim, senhor.

– Pode nos dizer onde encontramos tal informação, por favor? Onde os tiros são registrados?

– Isso é com a equipe de armas de fogo – disse o tira. Ele olhava para meu advogado como um pássaro no chão olha para um gato.

– Essa equipe confere todos os tiros disparados pela polícia para determinar se foram justificáveis, isto é correto? – perguntou meu advogado.

– Sim, senhor. E este foi perfeitamente...

– Claro – disse o advogado. – Agora, se eu lhe dissesse que a equipe de armas de fogo relatou que sete policiais diferentes dispararam um total de 31 tiros no carro em que meu cliente estava sentado, isso o surpreenderia?

– Não.

– Obrigado. Agora me diga: depois que meu cliente foi ferido e preso, você examinou o interior do carro?

– Sim.

– Quantas armas encontrou dentro do carro, policial?

– Não havia armas no carro.

— Ao dizer "armas" você quer dizer armas de fogo, policial? Ou se refere a armas de qualquer espécie, como facas ou porretes?
— Armas de qualquer espécie.
— Entendo. Também revistou o porta-malas do carro?
— Sim.
— Com o mesmo resultado?
— Não encontramos qualquer arma no porta-malas do veículo — disse o tira. Ele trincava os dentes com tanta força que dava para ver uma cova em seu rosto.
— Alguma arma foi encontrada em posse do réu? — perguntou meu advogado.
— Em posse...?
— *Com* o meu cliente, policial. O jovem sentado ali, àquela mesa. Você o vê, aquele todo enfaixado?
— Não.
— Não, você não vê meu cliente, ou não, você não encontrou armas com meu cliente após tê-lo baleado?
— *Meritíssimo!* — protestou o promotor.

O juiz olhou feio para meu advogado, mas dava para ver que ele não ficou nem um pouco amedrontado.

Falaram um bocado de coisas assim, mas eu não entendia para quê. Vi algumas pessoas do júri olhando para mim, mas não conseguia deduzir o que estavam pensando.

Quando convocaram Tim, foi como se uma onda de choque tivesse atingido o lugar. Acho que ninguém esperava que ele fosse chamado ao banco dos réus e falasse por si mesmo. Meu advogado disse que não permitiria que *eu* me sentasse ali.

Mas, sentado ali, Tim não agiu normalmente. Tim era um homem muito charmoso. Foi o que Merleen, a garota de Tim, me disse certa vez. Não tinha certeza do que aquilo queria dizer de fato, embora eu soubesse que era verdade.

Naquele dia, ali sentado, não dava para ver se Tim tinha algum charme. Era como se ele estivesse debochando de todo mundo. Como se os outros não passassem de baratas.

Tim disse que ele e Virgil eram ladrões profissionais. Haviam roubado dezenas de lugares e ninguém jamais se feriu.

— E se aquele gerente idiota não tivesse tentado bancar o herói, ninguém teria se ferido desta vez — disse Tim. — O puxa-saco estava tentando mostrar que bom menino ele era, salvando o dinheiro do patrão. Ele atirou no meu irmão pelas costas, como o bom covarde que era. Queria poder matá-lo outra vez.

Uma mulher começou a chorar alto. Acho que talvez fosse a mulher do cara que Tim baleou. O juiz teve de bater o martelo com força várias vezes para as pessoas se acalmarem.

Tim contou que Virgil não conseguia se mover depois que foi baleado, e que ele não podia carregá-lo e apontar a arma para as pessoas ao mesmo tempo. Por isso apenas se protegeu e esperou a chegada da polícia, para que pudessem levar Virgil na ambulância.

— Meu irmão ainda estava vivo quando o levaram — disse Tim. — Acho que os policiais demoraram a levá-lo ao hospital de propósito.

O advogado tentou amenizar.

— Você não está dizendo que a polícia é responsável pela morte de seu irmão, certo? — disse ele.

— Eles e aquele covarde do banco — disse Tim.

— Veja os olhos dele! — sussurrou alguém atrás de mim. — Ele é um psicopata.

O juiz voltou a bater o martelo até as pessoas pararem de fazer barulho.

Tim e seu advogado estavam se encarando como dois pit bulls em uma rinha. Finalmente o advogado deu de ombros, como se não pudesse fazer mais nada. Ele se afastou de Tim e perguntou:

— Você conhece o homem que foi preso do lado de fora do banco, não conhece?

— Refere-se a Eddie? — respondeu Tim. — É, conheço.

— Ele era seu cúmplice?

— Cúmplice? *Eddie?* Fala sério. Virgil e eu sempre agimos do mesmo jeito. Planejávamos um roubo e então encontrávamos algum idiota para dirigir. Geralmente não sabiam o que estava acontecendo, até alguém começar a nos perseguir.

"Eddie não é muito esperto. Tudo o que dissemos para ele foi que devia nos levar ao banco, esperar, e então nos levar de volta para casa. Pagaríamos algumas centenas de dólares para ele. Droga, ele nem sabia que o carro era roubado.

— Ele foi bem longe dessa vez – sussurrou meu advogado. – Agora ele abriu uma brecha.

Quando o promotor se dirigiu a Tim, praticamente pulou da cadeira.
— Está alegando que seus atos são justificáveis? – gritou.
— Que atos? – disse Tim, rindo forçado.
— Assassinato!
Tim ergueu os pulsos algemados para poder apontar um dedo para o promotor.
— Aquilo não foi assassinato – disse ele. – Foi justiça. – A voz de Tim era inflexível como uma pedra. – Aquele covarde matou meu irmão e eu o matei.
O promotor estufou o peito e falou bem alto:
— Se você e seu irmão não tivessem roubado aquele banco, isso nunca teria...
— Eu e Virgil roubamos *muitos* lugares – interrompeu Tim. – Durante todo esse tempo, nunca atiramos em ninguém. Nunca batemos em ninguém. Nunca estupramos nenhuma das mulheres. Se aquele idiota tivesse mantido as mãos nos bolsos ainda estaria vivo. E eu e Virgil estaríamos na praia em Biloxi, gastando o dinheiro do banco.
— Você, Virgil e o outro réu, quer dizer?
— Que outro réu? Refere-se a Eddie?
— Isso mesmo. Seu pobre e inocente amigo Eddie. Você declarou que ele nem mesmo sabia que o carro era roubado, certo?
— Sim.
— Você se surpreenderia se soubesse que seu amigo Eddie já foi preso por roubo de carros? – perguntou o promotor. Ele se afastou um pouco, como se tivesse acertado em cheio.
— Droga, não – disse Tim, sorrindo. – Eddie é um idiota nato. Aposto cinquenta contra um que outra pessoa roubou esses carros e deixou que Eddie pagasse o pato.
"Esse menino não é bom da bola. Ele não conseguiria planejar um banho de chuveiro. Veja o que ele fez, pelo amor de Deus! Eu

disse para ele esperar e ele ficou ali. E quando os tiras começaram a atirar ele *continuou* ali, como um pedaço de pau.

Sentia que as pessoas estavam olhando para mim. Não queria olhar para elas, e não queria olhar para baixo, como se estivesse com medo. Pela primeira vez olhei para Tim.

– Eddie não é como os outros – disse ele para o júri. – É retardado. Lento. – Os olhos de Tim pareciam lascas azuis de gelo. – Eddie é um garoto – disse ele, balançando a cabeça. – Um garoto idiota e simplório.

O júri me considerou culpado de algo de que eu nunca tinha ouvido falar. Não fui culpado pelo assassinato, nem mesmo pelo assalto. Acho que provavelmente tinha a ver com o carro em que eu estava.

Meu advogado ficou muito contente. Ele disse que o máximo que o júri podia me dar eram cinco anos, e provavelmente eu não pegaria nem isso.

– Acho que sabe qual foi a pena de Tim – disse ele.

Apenas balancei a cabeça.

– Homicídio em primeiro grau – disse o advogado. – E o júri encontrou circunstâncias agravantes. Sabe o que isso significa?

Voltei a balançar a cabeça.

– Significa pena de morte – explicou o advogado. – Acho que se ele não tivesse posado de fora-da-lei para o júri, talvez tivessem sido menos severos. Não foi um homicídio intencional. Creio que prisão perpétua seria mais adequado.

– É.

O advogado me encarou, como se pudesse descobrir a verdade olhando para mim. Acho que estava furioso porque sabia que eu jamais confiaria nele.

Quando você é preso pela primeira vez, eles o mantêm separado dos outros durante algumas semanas. Acho que têm de se certificar de que você não está doente. De vez em quando eles o tiram de sua cela para ver um médico ou para falar com outras pessoas. Todo mundo faz um bocado de perguntas.

Um homem, que eu acho que não era guarda porque não usava uniforme, tinha a função de explicar como era a prisão. Sei disso porque ele começou a me explicar coisas do tipo "não empreste dinheiro para ninguém". Ele lia uns papéis enquanto falava comigo, movendo o dedo pelas páginas.

– Oh, você já está no sistema há muito tempo – disse ele.
– Acho que sim – respondi.
– Bem, então sabe como funciona.

Foi na prisão que soube pela primeira vez o que eu era. Quero dizer, como chamar a mim mesmo: piloto de fuga.

Aprendi isso com J.C. Ele era um cara mais velho, talvez 40 e poucos anos de idade. Era um assaltante. Não o chamam assim se você assaltou apenas algumas lojas de conveniência ou mesmo se já arrombou alguns lugares. Tem de fazer grandes assaltos, como bancos. Como Tim queria fazer.

J.C. era tão respeitado ali dentro que mesmo os negros o deixavam em paz, embora ele não fizesse parte de nenhuma das gangues. Não importa o quanto você queira, cumprir pena sozinho é muito difícil. Até os guardas o tratavam bem.

Nunca achei que um homem assim falaria comigo.

Certo dia, um guarda veio até minha cela. Ele disse que eu seria misturado à população. Fui com ele para a parte principal da prisão.

Ganhei uma cela. Dava para ver de primeira que não era uma cela boa. Muito perto da saída do bloco, de modo que seria barulhento todo o tempo. Mas ao menos eu era o único ocupante.

A primeira coisa que fiz quando saí no pátio foi procurar gente com quem convivi nos reformatórios. Todos sabíamos que iríamos parar na prisão algum dia, e alguns de nós fizeram promessas de ficarmos juntos quando nos encontrássemos outra vez. Mas não encontrei nenhum dos caras que conheci anteriormente.

Com exceção de um, Toby. Quando o vi pela primeira vez, ele estava com o chefe de uma das gangues de brancos. Esperei que ficasse sozinho. Achei que Toby pudesse falar a meu respeito e conseguir que eu entrasse para a gangue.

Mas quando me aproximei dele no pátio, Toby não quis falar comigo. Agiu como se não me conhecesse. Seus olhos tinham umas coisas coloridas nas pálpebras, como se ele fosse uma garota. E quando foi embora vi que alguém tinha arrancado os bolsos de trás de seus jeans.

No lugar onde estivemos juntos, Toby nunca foi garoto de ninguém. Dava para ver que, na penitenciária estadual, as coisas eram diferentes. Aquilo me deixou nervoso, mas eu sabia que não devia demonstrar.

Naquele mesmo dia conheci J.C. Eu estava sozinho, observando Toby se afastar, perguntando o que eu ia fazer. Não sabia muito sobre presídios, mas tinha certeza de que não conseguiria me virar ali por conta própria.

J.C. apenas se aproximou e perguntou por que eu tinha sido preso.

Não era certo fazer aquilo, eu sabia. Não quando você está em uma prisão de verdade, para adultos. Mas J.C. era maior que as regras. Eu tinha de responder para ele. A voz dele era como aquele negócio que tem dentro do ar-condicionado. Aquele treco é tão gelado que você não pode tocar sem se queimar. J.C. estava com algumas pessoas. Gente mais velha. Os olhos deles não tinham nada dentro.

— Eu era o motorista — respondi.

— É, eu sei — disse J.C. Não entendi como ele poderia saber, mas não falei nada.

Acho que passaram alguns minutos antes que J.C. se desse conta de que eu não diria mais nada, a não ser que fosse perguntado.

— Por que você não fugiu quando ouviu os tiros dentro do banco? — perguntou.

— Tim e Virgil ainda estavam lá – respondi.
— Você ouviu as sirenes, certo? Você sabia que os tiras estavam vindo.
— Eles ainda estavam lá dentro.
Ele olhou para um dos caras que estavam com ele. Eu já tinha visto aquele olhar antes.
— Muito bom – disse J.C. – Esta é a primeira coisa que um piloto de fuga de verdade tem de ter: coragem. Sem nervos, e com colhões de aço. Estou certo?
Um dos outros caras concordou. Não achei que ele estivesse perguntando para mim.

Algumas noites depois, saí do bloco. Sabia que não podia ficar na minha cela o tempo todo ou as pessoas começariam a ter ideias a meu respeito.
Eu não sabia quando seria testado, mas queria que houvesse guardas por perto quando isso acontecesse.
Fui até a sala de recreação para assistir tevê. Havia um bocado de cadeiras vazias.
Apenas um minuto depois um negro se sentou a meu lado. Tinha a minha altura, mas era muito mais forte. Era bastante musculoso, como se usasse armadura. Ele sorriu, amistoso. Tinha dentes muito brancos. Não olhei para os olhos dele. Ele cheirava a limpo, como sabão de lavar roupa.
Aquele era o teste. Eu sabia o que viria a seguir. Se eu falasse com ele, ele verificaria se minha voz estava controlada. Se eu parecesse amedrontado, ele seria legal comigo. Diria para mim que lugar horrível poderia ser a prisão caso você não tivesse um amigo lá dentro. Talvez me oferecesse proteção contra algumas pessoas e daria um tapinha no meu braço para me fazer sentir melhor. Então pediria para eu ir com ele a algum lugar. Algum lugar onde pudéssemos conversar.
Caso eu não respondesse, ele fingiria ter se ofendido. Diria que eu o desrespeitei ou algo assim.
Não importava como ele começasse aquilo, acabaria sempre do mesmo jeito.

Eu sabia que deveria bater nele com força se quisesse ser deixado em paz. O melhor a fazer seria agredi-lo primeiro, mas eu estava, tipo, paralisado, tentando me mexer.

Havia apenas um guarda na sala de recreação. Mas estava assistindo tevê.

Eu olhava para o chão, tentando ver se havia alguma coisa que eu pudesse usar contra o negro. Queria ter uma faca. Não saberia como usá-la – quer dizer, claro que eu sabia como usar uma faca, mas não sou profissional como alguns sujeitos de quem se ouve falar quando se está preso. Mas sei que certas pessoas desistem quando veem uma faca.

Não achava que o negro fosse desistir, mesmo se eu tivesse uma faca. Dava para ver que ele já tinha feito aquilo antes.

Queria que Toby não tivesse feito o que fez.

O negro falava comigo. Eu não ouvia as palavras, apenas os sons, como se meus ouvidos estivessem cheios de água.

Sabia que tinha de acontecer logo.

Então outro negro se aproximou. Era mais velho do que aquele que estava tentando me intimidar. Tinha até cabelos brancos.

Dei uma olhada ao redor, mas ninguém estava olhando para a gente.

O cara mais velho não disse coisa alguma. Apenas balançou a cabeça para o que estava sentado a meu lado, como se estivesse dizendo "não".

O cara musculoso se levantou, como se tivesse se lembrado de algo que tinha esquecido de fazer.

Os dois negros foram embora juntos. Ninguém mais se aproximou. Fiquei sentado sozinho pelo resto do tempo de assistir tevê.

Alguns dias depois, J.C. e seus homens voltaram a me procurar. Ficaram em volta de mim, mas não me senti ameaçado. Senti-me seguro.

– No julgamento Tim assumiu toda a culpa, não foi? – perguntou J.C. – Ele disse ao júri que você nem sabia o que estava acontecendo. Apenas um garoto idiota que ele e o irmão convenceram a levá-los ao banco. É por isso que você está cumprindo uma pena leve, em vez de estar no corredor da morte com Tim.

– Eu não disse nada – falei.

– No julgamento? Por que deveria? Tim estava jogando toda a culpa sobre ele e o irmão. E o irmão dele não sobreviveu. Tudo o que você tinha a fazer era ficar ali sentado.

– Não disse nada antes. Quando os tiras me pegaram.

– Por que não? Devem ter tentado fazer você falar, testemunhar contra os outros. Devem ter oferecido um acordo.

– Eu jamais faria isso.

Ele voltou a olhar para os caras que estavam com ele. Mas foi um olhar diferente daquela vez.

Depois disso, fiquei com J.C. Todo mundo sabia.

J.C. estava terminando sua pena quando eu o conheci. Saiu quase dois anos antes de mim. Mas, àquela altura, tudo bem – eu já podia me virar sozinho. Era como se J.C. tivesse deixado sua proteção comigo.

Certa noite, antes de sair, J.C. me disse que eu não deveria querer a condicional.

Concordei.

– Isso não parece loucura, Eddie? O que acabei de dizer?

– Não se foi você quem falou – respondi.

Então J.C. explicou: se eu queria ser um piloto de fuga, não podia ter um agente de condicional atrás de mim todo o tempo. Um bom piloto de fuga é responsável por todos os que participam de um assalto. Tem de levá-los para casa em segurança.

– E se seu agente de condicional aparecer no dia em que você estiver trabalhando? – disse J.C. – Você não vai estar em casa, mas isso não irá detê-lo. Esses filhos-da-puta não precisam de um mandado para revistar sua casa se você estiver sob condicional. Sabe o que pode acontecer?

– Sei – respondi.

– Para você a condicional não é bom negócio – disse J.C. – Você sairia apenas alguns meses depois de qualquer modo. Se estivesse cumprindo trinta anos e lhe oferecessem condicional em dez, bem, aí você *teria* de aceitar. Mas com o tempo que você pegou não faz sentido se expor.

A junta da condicional foi mais fácil do que pensei. J.C. me ensinou alguns truques que eu podia usar para atrapalhar as coisas, mas não precisei deles.

O pessoal da condicional me perguntou se eu sentia algum remorso pela morte do homem no banco. Sabia que não se referiam a Virgil. Falei que nada tive a ver com o que aconteceu, como J.C. me disse para falar. Uma mulher da junta me disse que eu tinha de aprender a ser responsável. Repetiu aquilo diversas vezes. Respondi que não tinha feito nada.

Então, todos começaram a gritar comigo. Não retruquei. E não consegui a condicional.

Quando paguei tudo o que disseram que eu devia me deixaram sair. J.C. estava certo: não fiquei muito mais tempo do que ficaria caso conseguisse a condicional.

A prisão está cheia de caras que saíram e voltaram. Eles sempre reclamam que suas roupas envelheceram no tempo em que estiveram presos. Assim, quando você sai, a primeira coisa que precisa fazer é arranjar algumas roupas que estejam na moda.

Acho que uma das vantagens a respeito das roupas que uso é que elas não envelhecem. Fiquei feliz com isso porque só tinha os 50 dólares que nos dão quando a gente sai da prisão mais os 16 dólares que ganhei trabalhando na lavanderia do Bloco Quatro.

Também pagam a passagem de ônibus de volta à sua cidade natal. Se você não tiver uma cidade natal para onde voltar, pode ir para o lugar que quiser no estado, passagem só de ida.

Peguei o ônibus para o oeste, como disse J.C. No fim da linha, fui até a estrada e pedi carona. Não me importava para onde o cara estivesse indo, mas lembrei-me de não dizer aquilo. Tudo o que precisava era chegar em outra cidade, de modo que pudesse entrar em outro ônibus e voltar para o leste, para longe das planícies.

Fiz tudo certo. Primeiro arranjei um quarto. J.C. me disse para conseguir um lugar onde morar. Ficava em uma parte da cidade onde todo mundo escrevia nas paredes. Uma casa de quatro andares, toda dividida em quartos pequenos, não muito maiores do que a minha cela.

As paredes eram cinzentas, a cortina na janela era amarelada por anos de fumaça de cigarro e estava remendada em vários lugares. A cama tinha um buraco no meio, onde o colchão afundava. Os lençóis eram da mesma cor das paredes. Havia uma corda em um canto do quarto para estender as roupas e uma lâmpada pendurada no teto que você tinha de alcançar para ligar e desligar.

Não havia tomadas nas paredes para ligar um rádio, caso eu tivesse um. O banheiro ficava no fim do corredor. Alguns usuários deviam ser bêbados.

Eu perguntei ao homem lá embaixo se tinha telefone na casa. Ele disse que não. Então eu saí e acabei encontrando um, do lado de fora de uma loja.

Liguei para o número que J.C. me deu. Tocou três vezes, então uma garota atendeu. *Oi. Estamos fora nos divertindo. Se souber como podemos nos divertir ainda mais, deixe uma mensagem. Tchau!*

Não fiquei surpreso. J.C. me disse que eu seria atendido por uma secretária eletrônica.

— Aqui é Eddie – eu disse. – Eu acabei...

— Está onde deveria estar? – interrompeu uma voz masculina, mas que não era a de J.C.

— Sim. Fui direto para...

— Fique aí – disse a voz. Então, desligou.

Isso faz quase quatro anos. Hoje, sou um piloto de fuga. Sete assaltos, todos perfeitos. Nunca fomos pegos. Só fui realmente perseguido uma vez. Era um carro da polícia municipal, não teve a menor chance. Tudo o que tive de fazer foi colocar algumas esquinas entre nós e fugir.

Não ficamos juntos, a não ser pouco antes de um assalto e durante algum tempo depois. Os tiras sempre acham que fugimos para longe, mas nunca fazemos isso. Foi a isso que me referi ao falar de algumas esquinas. Temos outros carros guardados – carros de troca, como são chamados.

Seja qual for o carro que eu dirija, nos livramos dele rapidamente e entramos em um dos carros de troca. E, mesmo assim, não vamos muito longe. Há um bocado de lugares onde esconder carros nesta parte do estado, agora que a maioria das fábricas fechou. Muitos prédios vazios com todas as janelas quebradas.

Ninguém do bando volta diretamente para casa. J.C. aluga lugares para ficarmos durante algum tempo. Desse modo, nenhum vizinho nos vê sair pouco antes de um assalto, nem voltar logo depois. Esses são detalhes que os tiras verificam.

Todo mundo usa luvas, de modo que basta largar o carro de fuga ao trocar de automóvel. Mas os tiras também podem descobrir coisas através de manchas de sangue. Certa vez J.C. foi ferido. Não era grave, mas ele estava sangrando muito. Então, daquela vez, não podíamos apenas nos livrar do carro de fuga. Deixei J.C. e os outros no carro de troca e continuei.

Entrei em uma estrada de terra batida que eu conhecia. Tirei 20 litros de gasolina do tanque com um sifão e derramei sobre o banco de trás, onde J.C. sangrou. Então enfiei um trapo em uma garrafa de refrigerante vazia e derramei algumas gotas de gasolina em cima. Acendi o trapo. Assim que começou a queimar um pouquinho, atirei a garrafa pela janela de trás. As chamas cresceram rapidamente, e eu tive certeza de que não restaria qualquer vestígio do sangue de J.C.

Atravessei um bosque até chegar à estrada, onde sabia que havia telefones. Achei que demorariam algumas horas e que já estaria escuro àquela altura.

Só tinha me afastado um pouco quando ouvi um barulho forte de ar sendo sugado. Olhei para trás, mas o bosque era fechado, e não pude ver nada.

Em todos os trabalhos que fiz para J.C. sempre fui o motorista. Mas não era piloto de fuga todo o tempo. Às vezes pegava um ônibus para uma grande cidade ao norte. Ao chegar lá, ia para onde

J.C. me mandasse ir. Não podia pegar táxi para ir a esses lugares. J.C. diz que os motoristas de táxi têm de escrever relatórios, e não queríamos constar do relatório de ninguém.

"O motorista perfeito é um homem invisível dirigindo um carro invisível", disse J.C. certa vez.

Quando chegava aos lugares aonde eu deveria ir, perguntava por uma pessoa em particular. Na maioria das vezes, era um homem, mas certa vez foi uma mulher. Essas pessoas me davam um carro para dirigir.

Era tudo o que eu tinha de fazer, então. Dirigir o carro. Sempre por um longo trajeto. Quando levava o carro até o lugar, eu simplesmente o deixava lá. As pessoas a quem eu os entregava me faziam esperar enquanto verificavam se estava tudo certo. Sempre estava.

Então me levavam a uma rodoviária e eu voltava para casa.

Certa vez perguntei a J.C. se, ao ser parado pela polícia, deveria fugir.

– Não, Eddie – disse ele. – Lembre-se, você foi pago para transportar um carro de um ponto a outro, isso é tudo. Está sendo pago por quilômetro. Um bocado de gente faz esse tipo de trabalho. Se for pego, peça que o submetam a um polígrafo.

– Um detector de mentiras?

– Certo. Porque a única coisa que vão se importar em saber é se você sabia o que havia no porta-malas. E você vai passar no teste, entendeu?

J.C. sabe como planejar. Ele me disse que, em viagens assim, eu devia ter sempre muito dinheiro, mas nunca uma arma.

Toda vez que eu dirigia esses carros, sempre havia no chão do banco de trás um macaco e um pequeno estepe, o suficiente para chegar até uma loja caso furasse um pneu. Nunca precisei abrir o porta-malas.

Nenhuma dessas pessoas me pagava. Eles pagavam a J.C., e ele me dava minha parte quando eu voltava.

Às vezes, depois de entregar o carro, eu tinha de ficar um ou dois dias no lugar para o caso de quererem que eu trouxesse outro carro de volta.

Certa vez, o lugar em que eu estava hospedado era ao lado de um shopping. Dos grandes, com um bocado de lojas de luxo. Geralmente vou ao cinema no meu tempo livre. Mas, naquele dia, lembrei-me de algo que vinha pensando em fazer e fui até o shopping.

Queria comprar algo para Bonnie. Ela não era exatamente minha namorada – eu a conhecia havia poucas semanas –, mas eu tinha esperanças de que viesse a ser.

Conheci Bonnie no Wal-Mart. Eu queria comprar um par de botas e ela trabalhava lá. Não na seção de sapatos, mas na que vendem jaquetas e coisas assim.

Bonnie era ruiva e sua pele era muito branca. Também tinha sardas, como canela espalhada sobre o leite.

– Você podia comprar um casaco para usar com essas botas novas – disse ela quando passei com a caixa das botas na mão.

Ela tinha um sorriso lindo. Tão largo que seus olhos meio que se engelhavam quando ela ria.

– Este aqui ainda está bom – respondi.

– Bom para quê? – perguntou. – Está meio gasto. Aposto que sua namorada está louca para que você se livre dele.

– Não.

– Não, ela não está; ou não, você não quer se livrar dele...

– Eu não tenho namorada – contei para ela.

– Que bom! – disse Bonnie.

Ela era meio atrevida, mas ao mesmo tempo tão graciosa que você jamais pensaria que era uma mulher vulgar.

Realmente não sei como chamar uma garota para sair. A maioria das que conheci foi em lugares onde morei. Como quando vinham à casa de Tim e Virgil. Ou em um bar. Mas nunca gostei de conversar com garotas em bares. Parece que na metade das vezes você acaba se metendo em uma briga.

As garotas que vinham à casa de Tim e Virgil sempre falavam bem de homens que as levavam a lugares legais. Eu não tinha exata certeza do que aquilo queria dizer, mas sabia que não se referiam ao cinema. Por isso fiquei parado no meio da loja, como um idiota, tentando me lembrar do que elas diziam gostar. Então me lembrei e perguntei a Bonnie se ela queria jantar comigo.

Vi nos olhos dela que foi a coisa certa a dizer. Ela me deu seu endereço e me disse para eu aparecer por volta das 20h. Era sexta-feira, mas ela me disse que não teria de ficar na loja até tarde porque naquele dia tinha começado a trabalhar às 7h.

Oito da noite parecia tarde demais para jantar, especialmente para quem acordou tão cedo, mas eu não disse nada.

A tarde inteira tentei entender aquilo. Para começo de conversa, não sabia o que Bonnie queria dizer com "por volta das 20h", então achei melhor chegar às 20h em ponto para não ter erro. Foi a parte do "sair para jantar" que me deixou confuso. Eu fiz a pergunta com muita tranquilidade, mas não tinha um plano, daí que estava um pouco nervoso.

Uma certeza eu tinha: não podia levá-la ao Denny's, ao McDonald's ou a qualquer outro lugar assim. Olhei no jornal.

Havia tantos lugares que mal dava para acreditar. Não sabia como escolher.

Então, resolvi ligar. Mas quando perguntava quanto custava uma refeição ali – eu achava que esse era um bom meio de saber se era ou não um lugar de classe – eles me tratavam como se eu fosse idiota e eu ficava todo sem graça.

Afinal resolvi sair e procurar por conta própria. Passei por vários restaurantes até ver um que parecia bem legal. Estacionei e fui até lá. E, é claro, havia um cardápio na janela.

Era um restaurante *muito* caro, de modo que eu achava que devia ser bom. Chamava-se Enrico's.

Voltei para o lugar onde estava morando, tomei um banho e fiz a barba com mais cuidado do que costumava fazer. Quando fui me vestir, voltei a ficar sem graça ao entender o que Bonnie queria dizer com um casaco novo.

Eu tinha dinheiro. Desde que saí da prisão e comecei a trabalhar, sempre tive dinheiro. J.C. e os outros gastavam o dinheiro deles em um bocado de coisas, mas eu nunca gastei o meu. Quando perguntavam se eu queria ir a um cassino eu raramente aceitava.

J.C. sabia como se vestir. As roupas dele não pareciam muito elegantes mas, de algum modo, dava para ver que custavam um bocado de dinheiro.

Tim e Virgil também gastavam dinheiro com roupas, mas não era preciso olhar de perto para notar. Certa vez, fomos a um clube de estrada onde estava tocando uma banda que Tim adorava. Virgil disse que haveria um monte de garotas por lá e que eu não poderia ir do jeito que estava vestido. Então ele pegou uma das camisas dele – uma bela camisa de seda vermelha, com bordados dourados e botões de pérola – e mandou que eu a vestisse. Eu estava com medo de rasgar – tinha ido com eles àquele mesmo clube e sabia como era por lá – mas Virgil disse que não adiantava ter belas roupas para ficarem guardadas no armário.

Não devolvi a camisa de Virgil logo depois. Queria lavar e passar primeiro. Mas quando quis devolver ele me disse para eu ficar com ela, porque não cabia mais nele. Além disso, ele disse que sabia que a camisa me traria sorte.

Fiquei sem graça, mas também gostei de ouvir aquilo.

Nunca soube o que aconteceu com aquela camisa. Eu não a estava vestindo quando fui baleado, preso e tudo o mais. E não havia ninguém a quem eu pudesse pedir para pegar as minhas coisas no lugar onde eu morava. Talvez os tiras a tivessem levado.

Mas J.C. não morava perto de mim, como Tim e Virgil moravam. Daí que eu não podia ir até lá pedir conselhos para ele. Afora isso, J.C. não era o tipo de sujeito que você podia aparecer na casa dele de repente, mesmo sabendo onde ele morava.

Fui até as lojas. Demorou um pouquinho, mas encontrei uma camisa muito bonita. Não era vermelha, era azul-marinho.

Bonnie morava com a mãe. Ela me apresentou e a mãe me perguntou o que eu fazia para viver. Eu disse que era mecânico. J.C. me falou para nunca dizer para ninguém que eu era motorista. As pessoas não entenderiam.

A mãe de Bonnie me perguntou onde eu trabalhava, e eu respondi que trabalhava por conta própria.

— Você é bem jovem para ter sua própria oficina — disse ela.
— Bem, não é bem uma oficina, senhora — eu disse. — É apenas uma garagem atrás da casa que alugo, mas tem um elevador e instalações elétricas industriais para minhas ferramentas.
— É uma oficina clandestina, então?
— Mamãe! — disse Bonnie. — Isso não é de sua conta.
— Não, senhora — respondi. — Tenho uma conta bancária em nome de meu negócio. E também pago meus impostos regularmente. — Senti orgulho ao dizer aquilo ao mesmo tempo que pensava como J.C. era esperto. Foi ele quem me falou que eu precisava ter um negócio legítimo.
— Não importa se você não *fizer* dinheiro, Eddie. Apenas *deposite* algum dinheiro. No banco. Você tem de dar conta do dinheiro que gasta, de modo que o governo não fique desconfiado. Todos temos pequenos negócios — disse ele. — Negócios de varejo. Como um estacionamento ou uma tabacaria. Entende o que estou lhe dizendo?
— Eu... acho que sim.
— Você tem de pagar impostos — disse J.C. — Se não pagar, vão saber que você anda cometendo crimes. Um ladrão esperto sempre tem uma boa fachada civil.
— Ah! — exclamou Bonnie. — Não era a resposta que você esperava, não é, mamãe?
A mãe de Bonnie sorriu.
— Tudo bem — disse ela. — Peço desculpas, meu jovem. Mas Bonnie é minha única filha, e você sabe como são essas coisas, não sabe?
— Sim, senhora — respondi.

Eram quase 21h quando chegamos ao Enrico's, o restaurante que eu tinha escolhido. À entrada havia um homem atrás de uma mesinha.
— Posso ajudar? — perguntou. Mas não parecia querer ajudar.
— Queremos jantar — expliquei.
— Vocês, ãhn, fizeram reserva, creio eu?
— Eu não... quer dizer, achei que pudéssemos...

Bonnie pegou meu braço e me puxou um pouquinho, de modo que eu tive de me inclinar na direção dela.

— Não quero comer aqui, Eddie — disse ela. — Ouvi falar mal deste lugar. A respeito da comida, quero dizer. Podemos ir a outro restaurante?

— Claro — eu disse. — Mas não conheço nenhum...

— Oh, eu conheço um lugar *maravilhoso*. Gosta de comida chinesa?

O restaurante para onde fomos era exatamente o que eu teria escolhido se soubesse o que estava fazendo. Ficamos com um grande reservado apenas para nós dois. Havia todo tipo de comida diferente, e gostei de cada pedacinho do que comi.

Fiquei feliz que Bonnie soubesse que o Enrico's tinha uma reputação tão ruim. O Golden Dragon era um milhão de vezes melhor, embora fosse muito mais barato.

Depois disso, saímos mais três vezes. Duas ao Golden Dragon e uma vez a uma boate. Mas Bonnie não gostou da boate. Fiquei feliz: também não gostei do barulho do lugar, mas achava que ela devia ter enjoado de só sair para comer.

Ela estava sempre muito bonita. Não apenas quando a gente saía, mas todo o tempo. Certa vez, ela apareceu na minha garagem em um domingo, só para tomar um refrigerante comigo. Usava um macacão e uma camisa branca de mangas curtas. Lembro-me de como os braços dela pareciam bonitos e redondos naquela camisa.

Não disse nada a Bonnie a respeito de sumir por alguns dias. Não queria agir como se aquilo fosse importante. Quer dizer, para ela seria importante o fato de eu me ausentar algum tempo da cidade.

Planejava convidá-la para ir ao cinema quando voltasse. E achei que se eu lhe trouxesse um belo presente Bonnie saberia que eu não tinha me esquecido dela só porque estive fora. Achei que a mãe dela também gostaria. Não que o presente fosse para ela, e, sim, pelo fato de eu ter comprado um presente para Bonnie. A mãe dela era desse tipo de gente, dava para notar.

Estava pensando em um bom perfume. As meninas de Tim e de Virgil estavam sempre dizendo que adoravam perfumes. Roupas, joias e perfumes. Eu ficaria muito sem graça comprando roupas femininas, e não sabia nada sobre joias. Rochelle havia escolhido aquele bracelete sozinha. Então pensei no perfume.

No shopping não encontrei loja alguma que tivesse vidros de perfume na vitrine. Mas vi uma com manequins vestidos com roupas muito caras e entrei.

O lugar era muito grande. Não tão grande quanto um Wal-Mart ou um Sam's Club, talvez, mas tinha três andares e vendia todo tipo de coisa.

Não tinha certeza de onde ir, de modo que apenas andei pelo lugar. Por dentro estava me sentindo bem. Tinha dinheiro no bolso e estava bem vestido. Ninguém me conhecia naquela cidade. Se alguém me visse, pensaria que eu era um sujeito comum, que tinha um emprego com um bom salário. Um homem com mulher, filhos e uma bela casinha.

Foi quando vi Daphne pela primeira vez. Mas se eu fosse um sujeito comum, jamais saberia o que ela estava fazendo.

Era uma garota alta, um tanto magra, cabelo louro e curto. Usava um vestido preto brilhante e saltos altos. Parecia muito elegante, como se um daqueles manequins de vitrina tivesse ganhado vida.

Quando a vi pela primeira vez, ela estava com uma bolsa preta e brilhante, que combinava com o vestido e com os sapatos. A bolsa estava aberta, pendurada em seu ombro, balançando à altura da cintura. Ela pegou um relógio de pulso de um dos mostruários do balcão com a mão esquerda. Então, rápida como um raio, cortou alguma coisa com uma pequena tesoura que tinha na mão direita e jogou o relógio dentro da bolsa.

Ela se afastou do balcão, apenas passando tempo e olhando em torno, como se não conseguisse se decidir o que comprar.

Quando se aproximou da escada rolante, já tinha posto outras coisas dentro da bolsa. Um batom eu vi com certeza. E um vidro branco de alguma coisa.

Foi quando vi um homem observando-a. Ele usava um casaco esporte verde-escuro e uma camisa branca sem gravata. Ele ia a toda parte aonde a garota ia, mas nunca se aproximava muito. Era um sujeito jovem, um tanto gorducho, com uma expressão de valentão no rosto.

A princípio achei que ele estivesse tomando coragem para falar com ela. Mas então ele se virou para olhar por sobre o ombro, e eu vi o walkie-talkie preso ao cinto.

Eu sabia que não tinha muito tempo. E sabia estar sendo estúpido, mas ainda assim fui até a prateleira em que a garota olhava para aqueles computadores pequenos que cabem no bolso.

– Desculpe-me, senhora – eu disse.

Ela ergueu a cabeça bem rápido. Havia dois pontos vermelhos em seu rosto, um em cada face. Seus olhos estavam arregalados. Sua boca se entreabriu um pouquinho.

– Um homem está olhando para você. Olhando você guardar mercadorias na bolsa. Acho que ele trabalha na loja.

Ela me deu as costas e se afastou, movendo-se rapidamente, como se estivesse muito atarefada. Foi direto a um dos caixas e começou a tirar coisas de dentro da bolsa. Uma mulher saiu de trás do balcão e eu não consegui ouvir o que falavam, mas, enfim, a mulher atrás do balcão registrou todas as coisas que a garota trazia. A menina sacou um cartão de crédito.

O cara gorducho de terno passou por mim. Olhou-me como se dissesse "vou me lembrar de você da próxima vez", mas não disse nada.

Finalmente descobri onde vendiam perfumes. Uma senhora gentil com um colar de pérolas me vendeu um vidrinho por mais de 50 dólares, de modo que eu tive certeza que era muito bom.

Ela me perguntou se era para o Dia dos Namorados. Pela expressão dela, achei que deveria dizer que sim.

– Então vai querer que eu embrulhe para presente – falou.

Ela guardou o vidro em uma caixinha do tamanho ideal. Então embrulhou-a com papel prateado brilhante, amarrou uma fita vermelha ao redor e deu um laço.

Quando saí dali já era meio da tarde. Eu estava com um pouco de fome e procurei um lugar onde vendessem comida. Nunca conheci um shopping que não tivesse praça de alimentação.
– Ei – disse uma voz feminina.
Eu me virei. Era a garota da loja, aquela com o vestido preto.
– Aquilo foi muito cavalheiresco de sua parte.
Não sabia o que ela estava dizendo, mas pelo modo como falou tinha de ser algo muito bom.
– Tudo bem – respondi.
– Estava esperando por você. O mínimo que posso fazer é pagar uma bebida para o meu salvador.
Ela me pegou pelo braço e me guiou pelo corredor. Achei que íamos a um bar, mas ela continuou me levando, até chegarmos ao estacionamento.
– Onde está o seu carro? – perguntou.
– Está na oficina – respondi, o que era uma meia verdade.
– Como chegou aqui, de táxi?
– Foi – respondi. O que não era verdade, mas eu também não queria que ela soubesse que eu estava hospedado tão perto dali. Ou em que tipo de lugar eu estava hospedado.
– Então vamos no meu – disse ela, e voltou a me conduzir pelo braço.
Após termos caminhado um pouco, ela enfiou a mão na bolsa e tirou um molho de chaves. Ela tinha uma daquelas coisas que abrem o carro a distância. Quando ela apertou o botão ouvi um apito. Olhei na direção de onde veio o barulho. Havia um grande sedã Lexus, cor de chumbo, com as luzes piscando.
– É meu – disse ela. – Gostou?
– Nunca dirigi um desses.
– Então devia dirigir este aqui. – E me entregou as chaves.
Quis explicar que não tinha sido minha intenção pedir para dirigir o carro. Apenas não podia dizer que gostava de um carro que eu não conhecia. Mas não falei nada.

— Você dirige com muito... cuidado – disse ela, após alguns quarteirões.
— Estou sentindo o carro. É preciso ir devagar.
— Ah. Você é motorista profissional?
Gostei do jeito como ela disse aquilo.
— Exato – respondi. – Dirigir é o meu negócio.
— Pilota carros de corrida?
Também gostei de ela ter dito aquilo. Tinha medo que pensasse que eu era motorista de táxi ou algo assim.
— Não, não sou esse tipo de motorista.
— Bem, você *gostou* do carro?
— Ainda não sei. Você não pode falar de um carro antes de experimentá-lo direito.
— Como um cavalo?
— Eu... acho que sim. Não entendo de cavalos.
— Como um *test drive* – disse ela. – Só que mais severo?
— É. Isso mesmo.
— Tudo bem. Sei onde pode fazer isso. Vire à esquerda no próximo sinal.

Acabamos em uma fazenda. Não em uma fazenda onde as pessoas cultivam coisas, apenas um lugar com um terreno enorme. Sei que pertencia a algum ricaço, porque tinha um portão. Ela apertou um botão em uma caixinha presa ao quebra-sol, parecida com um daqueles levantadores de porta de garagem, e o portão se abriu.
— Esta propriedade é sua? – perguntei.
— É do meu pai.
— É um lugar grande.
— Nem tanto – disse ela. – Se entende o que quero dizer.
Não entendi e apenas balancei a cabeça. Aquilo satisfazia a maioria das pessoas.
— Aqui é um bom lugar? – perguntou depois de algum tempo.
Havia uma única faixa de asfalto, como uma pista de pouso. Grama de um lado, terra do outro.
— Tem alguma curva?

– Mais adiante sim.
– Tudo bem – eu disse, e pisei no acelerador.
O carro era mais rápido do que pensei considerando quão grande era. Também era bastante estável, embora rabeasse um pouquinho. No fim da pista pisei fundo no freio. O carro não derrapou nem um pouco, apenas perdeu velocidade em linha reta. Assim que parou, engatei a ré e pisei no acelerador. Fomos para trás a toda. Girei todo o volante para a direita, engatei a alavanca de marcha em *drive*, acelerei e girei o volante para a esquerda. Voltamos pelo mesmo caminho.
– Uau! – disse ela. – O que foi isso?
– Chama-se retorno de contrabandista – expliquei. – Caso você precise voltar rapidamente.
– Faça outra vez!
Achei que ela queria ver como eu fazia para aprender. Mas não importava quantas vezes eu demonstrasse, ela não me pediu para experimentar.
Funcionou ainda melhor na estrada de terra batida.

– Estacione ali – disse ela depois de algum tempo. – Nunca fumo dentro do carro.
Dava para sentir que *alguém* fumava naquele carro, mas eu não disse nada.
Ela saiu e sentou-se no para-choque dianteiro, cruzando as pernas como se estivesse em um sofá. Sentei-me ao lado dela e dei-lhe um cigarro.
– Então *este* é o tipo de direção que você pratica – disse ela. – Proteção executiva.
– Acho que pode dizer que sim – eu disse, embora não estivesse muito certo do que ela estava falando.
– Que tipo de armas você usa?
– Não tenho armas – respondi. – Sou motorista.
– Ah. Qual o seu nome?
Eu disse. Então ela me disse que o nome dela era Daphne. Nunca tinha conhecido uma garota com esse nome.

Saímos da fazenda. Segui as orientações dela até chegarmos a um grande prédio residencial.

A garagem ficava no subsolo. Usou uma caixa diferente para abrir o portão.

— Esta é minha vaga – disse ela. Tinha pequenas paredes de cada lado, acho que para os carros não baterem nos outros ao abrirem as portas.

Entrei de ré.

— Você fez isso para o caso de ter de sair rapidamente? – perguntou.

— Claro. Sempre estaciono assim.

— Venha.

Havia um pequeno elevador no porão. Ia apenas até o saguão. Chegamos lá e um sujeito de uniforme e de chapéu disse "boa-tarde" para ela e a chamou pelo nome, acrescentando um "senhorita" na frente, como se ela fosse a patroa dele.

Entramos no elevador e ela apertou o botão CO. Olhei os números enquanto subíamos. CO era o último andar.

A sala em que entramos era maior do que muitas casas onde já morei. Era toda em preto-e-branco, com exceção de faixas vermelhas em lugares diferentes: nas costas de uma das cadeiras, no assento do sofá, através de uma luminária. Até mesmo o chão era preto e branco, em quadrados. Parecia um banheiro elegante, com tapete vermelho.

— Quer uma bebida? – perguntou.

Não conhecia o nome das bebidas que ela provavelmente tinha em mente, e não queria pedir uma cerveja, então disse apenas:

— Não, obrigado.

Daphne foi até o bar preparar algo para ela. Olhei pela janela. Foi fácil, uma das paredes era inteiramente envidraçada. Dava para ver que havia algum tipo de varanda lá fora, mas não conseguia ver como se chegava ali.

Ela voltou com dois copos.

— Água gelada – disse ela, entregando um copo para mim.

— Obrigado.

— Você é um ótimo motorista, Eddie. Teve de cursar alguma escola especial para aprender esses truques?

– Não – respondi. – Aprendi sozinho.

Eu queria dizer que aquelas manobras não eram truques, mas não podia dizer isso para ela sem explicar para que serviam.

Ela me fez um bocado de perguntas. E falava muito, também. Acho que me perdi com o som da voz dela. O céu lá fora fechou, então escureceu. Não me importei. Não tinha nada para fazer, ao menos até o dia seguinte. Ninguém estava me esperando.

– Isso é tudo seu? – perguntei.
– Este apartamento?
– É.
– Todo meu. Quer ver o restante?
– Não, eu só estava... pensando.
– Se eu sou casada?
– Não. Como você...
– O quê, Eddie?
– Você tem esse lugar. E aquele carro. E se veste bem. Tem um ótimo trabalho, certo?
– Eu não trabalho – disse ela. – O que eu tenho é um fundo monetário.
– Fundo monetário?
– Dinheiro que deixaram para mim. Não posso gastar todo, mas posso gastar muito.
– Você não precisa trabalhar?
– Não. – Ela riu. – Nunca tenho de trabalhar. Que diferença isso faz?
– Não faz, eu acho. Só que, com tudo isso, por que você...
– O quê? – perguntou outra vez. Só que, dessa vez, parecia aborrecida.
– Por que você rouba coisas?
– Roubar? Ah, você se refere... à loja de departamentos.
– É. O que você pegou não devia custar muito caro.
– O que *será* que eu peguei? – disse ela. – Vamos ver.

Ela se levantou e foi até onde estava a bolsa. Ela a abriu e derramou tudo no sofá.

– Hum. Você está certo. Isso tudo é muito cafona.
– Daphne...

Ela se aproximou e se sentou bem perto de mim.

– Quer ouvir um segredo? – perguntou baixinho.
– Se quiser contar...
– Ssshhh – disse ela enquanto me abraçava. Eu também a abracei. – Não olhe para mim.
Estava bem escuro àquela altura, mas ainda assim fechei os olhos. Sua voz estava baixa, mas dava para ouvir todas as palavras.
– Quando estou em uma loja... não todas as vezes, apenas de vez em quando... quando estou em uma loja, às vezes, eu fico... excitada. Como se tivesse uma pressão dentro de mim. Cada vez mais forte. Eu fico muito ansiosa. Tensa. Não penso em mais nada. Eu sei que assim que pegar algo vou sentir um tipo de... alívio. A tensão passa.
"Mas depois que vou embora da loja nunca quero o que roubei. Só de olhar me faz sentir mal. Culpada.
"Queria poder pagar pelo que pego. Mas não com dinheiro. Poderia simplesmente comprar os objetos se eu os quisesse. Antes, quando você me disse que eu estava sendo observada, tive vontade de morrer. Não sei o que faria se fosse pega alguma vez.
"Quer dizer, eu *já* fui pega, mas não pega de verdade. Certa vez, um detetive me parou, mas eu ainda estava dentro da loja e disse que pagaria por aquilo ao sair. Não puderam fazer nada. Outra vez, uma vendedora estava me observando na cabine de roupas. Eles têm uma câmara lá dentro, dá para acreditar numa coisa dessas? Ela me viu cortar a etiqueta de segurança de um vestido e guardá-lo na bolsa. Ela bateu na porta da cabine. Eu a deixei entrar, e ela me disse que tinha me visto fazendo aquilo. Tudo em sussurros.
"Mas ela me deixou ir embora. Tudo o que ela queria era um beijo. Aquele beijo, beijá-la, foi como uma punição para mim. E aquilo me fez sentir bem. Porque mereci.
"Tive um sonho certa vez. Eu estava em uma loja e um sujeito me pegou. Ele me levou ao escritório dele, me chamou de criança mimada e me deu uma surra. Eu chorei. Ele me fez prometer nunca mais fazer aquilo outra vez. Mas eu sabia que faria. Sabia que voltaria à mesma loja.
Ela ficou calada um minuto, como se esperasse que eu dissesse alguma coisa. Fiz o que sempre faço quando não sei a coisa certa a dizer.
– Você acha que sou maluca, não é? – perguntou. – Arriscando-me? Sempre faço isso. Olhe para você. Não conheço você. Nem

mesmo sei se me disse o seu nome verdadeiro. Você me parece um tipo criminoso. Um homem perigoso. Você é perigoso, Eddie?

— Só atrás de um volante — respondi, me lembrando daquele juiz de quando eu era um garoto.

— Ah, você é um amor — disse ela. Não dava para ver se ela chorava ou se ria com o rosto enterrado onde estava.

Mais tarde naquela noite ela me despertou. Eu estava deitado de costas, olhando para ela. Ela segurava a caixa prateada com o laço de fita vermelho.

— O que é isso? — perguntou. — Um presente para alguém?
— É.
— Agora é para *mim* — decidiu.

Ela arrancou o papel como se estivesse com pressa. Quando viu o perfume, fez um barulho com a garganta.

— É o seu preferido? — perguntou.
— Não sei. Nunca provei.

Daphne abriu o vidro. Pôs o dedo no topo e virou o vidro de perfume de cabeça para baixo. Então passou perfume em todo o corpo. Atrás das orelhas, entre os seios, na frente das pernas. Várias vezes pegou mais perfume do vidro. Depois, ela me deu as costas, de modo que eu pudesse ver onde mais ela estava passando perfume.

— Aonde vai? — ela me perguntou na manhã seguinte.
— Preciso falar de negócios com outra pessoa — respondi.
— Leve o Lexus — disse ela. — Tenho outro carro. Traga-o de volta quando voltar nesta noite.

Demorou umas duas horas até eu encontrar o lugar em que estava hospedado. Tive de retornar diversas vezes, mas não quis pedir informações para ninguém.

Acho que tudo começou quando Daphne me disse que eu deveria lhe contar um segredo.

Senti um calafrio na espinha quando ela disse aquilo. Em toda a minha vida só conheci um tipo de gente que queria saber de coisas assim.

– Que segredo? – perguntei.

– Não um segredo *específico*, seu bobo – disse ela. – Um segredo, isso é tudo. Não importa qual. Todo mundo tem segredos. Quando as pessoas compartilham seus espíritos, isso faz parte do acordo.

– Não compreendo – falei. Digo isso um bocado, para ganhar tempo. Mas, depois, ao pensar melhor, sempre descubro que não estava mentindo.

– Não lhe contei meus segredos?

– Sobre roubar?

– Sim!

– Eu já sabia. Quer dizer, eu vi quando você...

– Segredos não dizem respeito a *que* – disse ela, sussurrando. – Segredos dizem respeito a *por quê*. Lembra-se do que eu lhe disse, Eddie? Sobre me sentir culpada e ser punida?

– Eu...

– Era um segredo *especial*. Você é o único que sabe. Nunca contei para ninguém. Sabe por quê?

– Porque não compreenderiam?

– Exato, Eddie! Não sente o mesmo? Que as outras pessoas não o compreenderiam?

– Eu... acho que sim.

– Claro que sente. Todo mundo sente.

Aquilo me fez sentir bem, mais parecido com uma pessoa normal. Aquela foi a noite na qual eu contei a ela sobre dirigir.

Nunca consegui explicar direito o que é dirigir. Acho que não devo dizer isso assim. Antes de Daphne, nem mesmo cheguei a tentar. Ela fez muito esforço para tentar entender o que eu estava tentando dizer, mas acho que não fazia muito sentido.

– Lembra do que eu lhe disse, sobre um sonho que eu tive? – perguntou.

– Sobre ser pega?
– É. A verdade é que eu sempre tenho esse mesmo sonho, Eddie. Não foi só uma vez. Eu o tenho mesmo quando estou acordada. Você tem sonhos assim?
– Sobre ser pego?
– Não! *Qualquer* sonho que você tenha sempre.

Eu não disse nada. Mas queria dizer. Não havia motivo para não fazê-lo. Quer dizer, não havia como incriminar alguém. Meu sonho não era sobre assaltar, era sobre dirigir. Mas algo me impedia de contá-lo em voz alta.

No meu sonho, estou de pé no escuro, no acostamento de uma estrada. Faróis amarelos atravessam a noite. Um carro se aproxima. Não consigo ver a marca, mas é rebaixado. O carro é preto. Não preto piche e, sim, preto como um corvo, brilhante.

O carro para. Não posso ver lá dentro, mas sei que não há ninguém no banco do motorista.

O carro fica ali parado, esperando. Sei que se eu entrar vou dirigir por toda a eternidade.

Eu nunca entro nele. Mas sei que uma noite vou entrar.
– Sonho com mulheres – respondi afinal. E isso também era verdade.

Daphne sorriu para mim, como se eu tivesse feito algo bom.

Eu estava em um sofá de couro azul, na sala anexa à sala em preto-e-branco, esperando Daphne se vestir, assistindo a maior tevê que eu já tinha visto na vida. Eu apertava os botões para mudar de canal. Daphne tinha um aparelho que pegava tantas estações que nunca seria possível passar por todas. Ela disse que tinha um jeito mais rápido de fazer aquilo, dependendo do tipo de programa a que você quisesse assistir, mas não me importei. Só estava passando o tempo.

Na tela apareceu um carro em uma estrada. Um carro preto, com janelas pretas. Olhei. Era um carro assassino. Não o motorista. O carro. Esse era o nome do filme, O *carro, a máquina do diabo*. Eu já tinha assistido àquele filme. Era muito idiota, um carro sem motorista.

Não era como no meu sonho. No meu sonho o carro está *esperando* pelo motorista. Esperando por mim.
Não ouvi Daphne entrar.
– Que tipo de carro é esse? – perguntou ao meu lado.
– Um tipo maluco – respondi. Então expliquei sobre o que era o filme.
– Ah, então é como *Christine* – ela disse.
– Quem é Christine?
– *Christine* é o título de um livro – explicou. – É sobre um carro possuído por um mau espírito.
– Que tipo de carro? – perguntei, como ela tinha feito antes. Queria ver o que ela ia dizer, para que eu pudesse repetir caso alguém me perguntasse sobre aquele filme outra vez.
– Ah, eu não sei. Um carro antigo. Estava no livro. Foi escrito por Stephen King, já ouviu falar nele?
– Acho que sim.
– É o maior escritor de terror do mundo.
– Ah.
– É um filme! – disse ela, batendo palmas.
– Que filme?
– *Christine* é um filme, Eddie. Quer assistir?
– Eu... acho que sim. Mas se é como esse aí....
– Não, é *muito* melhor, tenho certeza. Vamos pegar.

Fomos a uma locadora de vídeo. Devia haver milhares de filmes ali. Dava para comprá-los ou alugá-los.
Daphne me disse que os filmes eram divididos em seções, de modo que dava para encontrar rapidamente o que a gente estava procurando. Procurei uma seção sobre direção de automóveis, mas não estava ali.
– Pergunte ao balconista. Olhe – disse ela, pondo notas de dinheiro em minha mão. – Compre o que quiser, está bem?
– Eu tenho dinheiro – falei. – Muito dinheiro.
Ela pegou as notas de volta, pôs as mãos para trás e baixou a cabeça.

— Desculpe, Eddie — disse ela. — Não fiz por mal. Só queria lhe dar um presente, como o que você deu para mim.

Comecei a dizer que não tinha comprado aquele perfume para ela, mas parei no meio. Ela parecia muito triste.

— Tudo bem — eu disse. — Vou procurar sozinho. — Peguei-a pelos ombros e a fiz girar. — Veja se consegue encontrar esse *Christine* — Então, dei-lhe um tapinha na bunda para ela ir andando. Vi Tim fazer isso certa vez com Merleen, quando estavam em uma loja, e Merleen gostou.

Pelo modo como ela se foi, acho que Daphne também gostou.

Encontrei quatro filmes diferentes que, pela capa, pareciam ser bons. Quando fui ao caixa, Daphne já estava lá. Ergueu uma caixa para eu ver. Estava escrito *Christine* na capa.

— Consegui! — disse ela.

Quando pegamos a autoestrada, Daphne pediu que eu fosse mais rápido. Ela abriu a bolsa e pegou uma fita de vídeo. Não dava para ler o que estava escrito na capa, mas a fotografia era de duas garotas nuas.

— Não poderia passar isso pelo caixa — disse Daphne. — Eu morreria de vergonha.

Quando voltamos ao apartamento, Daphne me mostrou como mexer no videocassete, então saiu para trocar de roupa.

Eu estava assistindo a um dos filmes que escolhi — não achava certo começar a assistir *Christine* antes de ela voltar — quando ouvi Daphne se aproximando por trás de mim.

— Vamos ver este aqui primeiro — disse ela no meu ouvido.

Era o que tinha mulheres nuas na capa. Quando me virei, depois de pôr a fita no videocassete, Daphne também estava nua.

Christine acabou sendo um filme bastante assustador. O carro era um demônio. O dono do carro era um rapaz, mas o carro ficou com ciúmes e o matou. E mesmo quando os amigos desse rapaz descobriram o que o carro era de fato, não conseguiram fazer nada para destruí-lo.
— Você gostou? — perguntou Daphne quando o filme acabou.
— Acho que não.
— Por quê?
Pensei um minuto. Então eu disse para ela:
— Gosto de filmes sobre dirigir, não sobre carros.
— Bem, então vamos ver um desses que você escolheu — disse ela.

Após alguns dias, vi que o lugar em que entreguei o carro não me daria nada para eu trazer de volta.

Daphne conseguiu um quarto em um motel para mim. Muito bonito, mas muito caro. Eu não disse nada sobre o preço porque já tinha dito a Daphne que eu tinha dinheiro, e não queria dar a impressão que eu estava apenas tentando aparecer.

Quando eu estava no motel, Daphne me deu um videocassete portátil. Agora eu o trago comigo sempre que viajo. É uma tevê e um videocassete, tudo junto. A tela não é grande, mas só assisto sozinho e não importa se eu tiver de sentar perto do aparelho.

Geralmente ia visitar Daphne à tarde. Então voltava ao motel pela manhã, antes de clarear.

Depois de um tempo, me acostumei a dormir durante o dia.

A casa de Daphne era um lugar ideal para assistir a filmes, mas ela não gostava tanto assim de cinema. O que eu fazia era ler no guia da tevê a respeito de um filme que poderia ser bom, então assistia a um pedaço para ver se queria gravá-lo, como ela havia me ensinado. Mesmo com todos aqueles canais que Daphne tinha era um trabalho muito demorado.

No meu quarto de motel eu tinha aquele videocassete portátil que Daphne me deu, e então podia assistir as coisas que eu tinha gravado na casa dela.

Havia muitas locadoras de vídeo naquela cidade. Passei algum tempo em algumas delas, apenas olhando. O pessoal de outros tipos de lojas se aborrece quando você fica muito tempo olhando, mas nas de vídeo não se importam.

Um cara que trabalhava em uma dessas lojas sabia um bocado sobre cinema. Dava para notar, porque as pessoas estavam sempre fazendo perguntas para ele. Eu não compreendia muito o que ele dizia, mas dava para notar que ele sabia sobre o que estava falando pelo modo como as pessoas o ouviam.

Embora não fosse muito claro no interior da loja, ele sempre usava óculos escuros. E uma camiseta vermelha com um colete preto. A cabeça dele era raspada, mas eu sabia que ele não era um skinhead – suas tatuagens estavam todas erradas.

Esperei até ele estar sozinho para me aproximar.

– Você tem filmes sobre automóveis? – perguntei.

– Perseguições de automóveis? Temos de tudo, cara. Dos clássicos aos contemporâneos. De *Bullitt* a *Ronin*. Procura algum diretor em particular?

– Não quero perseguições. Quero filmes sobre direção.

– Há de todo tipo – disse ele. – *Grand Prix* foi incrível. O original, quero dizer, não o *Alta velocidade*. Aquilo foi uma refilmagem do Stallone. Cha-to! Se quiser ficar nos clássicos, há o *Encurralado*. Foi feito para a tevê, mas temos no estoque. Sabe que o diretor foi Spielberg? Brilhante. Conhece *Agarra-me se puderes*, da série do Bandit? Burt Reynolds é um gênio da comédia. Não foi reconhecido na época, mas assista a *Striptease* ou *Boogie Nights – prazer sem limites*, e verá que *alguém* na Holy Coast sempre soube disso. E também há um bocado de cults, como *Corrida da morte – ano 2000*. Todo mundo pensa que é com Carradine, mas Stallone também estava nessa, antes de se queimar. Daí tem filmes sobre caminhões, crime...

– Crime – interrompi. – Têm desses aí?

Alguns dos filmes que ele me vendeu eram muito bons. Mas nenhum era o que eu queria.

Certa noite, Daphne disse que queria fazer compras. Eu não disse nada. Não achava que ela estivesse me convidando.

– Você tem de vir, também, Eddie – disse ela. – Só que você não pode entrar na loja comigo, entendeu?

– Acho que sim.

– Eddie, não compreende o que estou lhe dizendo? Preciso que você fique do lado de fora. Com o motor ligado, de modo que eu possa pular no carro para fugirmos rapidamente.

– O que você vai fazer?

– Você sabe.

– Não vai dar certo – eu disse. – Se alguém a seguir até a calçada, vão ver sua placa. E terão uma boa descrição de você. O modo como estava vestida e tudo mais, as pessoas vão perceber. E se lembrar de você também.

Achei que ficaria feliz por eu tê-la advertido. Achei que ficaria até um pouco impressionada. Mas ela fechou a cara e estreitou os lábios.

– Esqueça – falou. – Vai dar tudo certo.

Eu estava na sala assistindo tevê quando Daphne entrou. A princípio, pensei que estivesse nua.

– Sabe o que é isso? – perguntou, chegando perto da luz para eu ver melhor.

– Sei. É como aquilo que as strippers usam.

– Refere-se a um fio-dental? Não, esses ficam escondidos atrás e parece que elas estão completamente nuas. Isso aqui é uma tanga. Dá para ver um pouco de cor ao redor da cintura.

Daphne passou por mim bem devagar.

– Viu? – disse ela.

– É preta.

– Que observador que você é, Eddie. De qualquer modo, achei que seria perfeito usar isso hoje à noite.

– Por quê?

– Porque vou ser malvada com você.

— Não posso estacionar junto ao meio-fio – eu disse. – Não dá para estacionar ali. Se eu ficar parado, algum guarda vai se aproximar e pedir para eu ir embora.
— Apenas diga para ele...
— Daphne, se você faz algo assim, a última coisa que vai desejar é criar uma confusão, fazer com que as pessoas percebam você. Apenas me diga a que horas vai sair e eu estarei ali, garanto.
Ela riu, divertida.
— Ah! Sim, isso é ainda melhor. Você age como se já tivesse feito isso antes, Eddie.
Quis dizer para ela que eu era um profissional. E que aquilo que ela estava fazendo não passava de um jogo louco e idiota. Mas não disse nada a não ser:
— Eu não.

Daphne disse 21h15. Cinco minutos antes disso, dirigi o Lexus lentamente ao longo do meio-fio, como se estivesse procurando vaga. O estacionamento estava lotado de carros e de gente. Quando finalmente não havia ninguém atrás de mim, parei e abri o porta-malas, como se fosse carregá-lo.
Eu estava atrás do carro, olhando para a loja, quando Daphne saiu pela porta, caminhando rapidamente, balançando a bolsa, os saltos fazendo *clique-clique* na calçada. Fechei o porta-malas, assumi o volante e parei bem na frente dela.
Ela pulou no banco do carona.
— Vamos! – falou com os dentes cerrados, como se tivesse medo que alguém nos ouvisse.
Atravessei o estacionamento lentamente.
— Vamos! – disse Daphne.
As pessoas acham que um carro não está andando rápido se o motor não rugir e os pneus não cantarem. Quando chegamos à rua, fiz o que ela queria.

— Veja! — disse Daphne, quando atravessamos o portão do terreno do pai dela. Ela enfiou a mão na bolsa e tirou dali um lenço de pescoço.
— Legal — eu disse.
— Eddie, isso é um Hermes. *Muito* caro.
— Ah — eu disse, como se tivesse entendido.
— Foi uma boa fuga — disse ela.
Fiquei triste ao ouvir ela dizer aquilo daquele modo.

Daphne abriu a boca e ficou quieta quando amarrei o lenço atrás da cabeça dela, como uma mordaça. Então, ela levantou a saia e cruzou uma perna sobre mim.
Nem mesmo tive de tirar aquela tanga. Bastou afastá-la para o lado.

— Não gostou de nenhum deles, hein? — disse o sujeito da loja de vídeo quando me viu entrar.
— Não eram ruins, mas...
— Ah, estou decepcionado. Você gostar é o mais importante. Deixe-me tentar de novo.
— Tentar...
— Diga-me o que você quer — disse ele. — *Pense* nisso, então me diga.
— Eu... o filme tem de ser sobre dirigir. Não sobre carros. Também não quero perseguições. Quer dizer, tudo bem se *tiver* uma perseguição, mas...
O cara apenas olhou para mim, esperando. Ele era muito paciente. Acho que era assim porque era um especialista e estava acostumado com gente como eu, que não sabe exatamente o que quer.
— Tem de ser, tipo, o *trabalho* da pessoa — falei. — Mas não como um motorista de caminhão. Ou um piloto de corrida. Mais... especial. Algo que nem todo mundo possa fazer.
— *A lei da montanha* — disse ele.

– O quê?
– *A lei da montanha*. O maior filme sobre contrabandistas já feito. Robert Mitchum quer... Não importa, fique com ele, assista, então me diga.

– Você já foi preso? – perguntou Daphne certa noite.
Sempre tive medo que Bonnie me fizesse essa pergunta. Ou a mãe de Bonnie, mais provavelmente. Mas dava para ver pela expressão de Daphne que ela não acharia que ter estado na prisão era algo ruim.
– Sim – respondi.
– Mas você é tão jovem. Faz muito tempo?
– O bastante.
– Já foi muito algemado?
– Não. Só quando prendem você. Ou o transportam, como para ir ao julgamento ou ser transferido de prisão.
– Você detestou?
– A prisão?
– Ser algemado.
– Não gostei, mas não era assim tão ruim. E nunca demorou muito.
– Imagino como deve ser.
– A prisão? Não é como...
– Algemas. Eu tenho um par. São muito bonitas. São cobertas de veludo. Mas sempre tive medo daquilo.
– Eu...
– Vamos, Eddie – disse ela.

Seis semanas haviam se passado desde o dia em que conheci Daphne quando fui à casa dela pela última vez.
– Preciso das chaves – disse ela.
– O quê?
– Do meu carro. Preciso das chaves de volta.

— Tudo bem — eu disse. Peguei as chaves e entreguei para ela.
— Por favor, não fique aborrecido, Eddie — disse ela. Foi quando entendi o que ela estava dizendo.
— Não estou.
— Você não vai ficar me perseguindo, vai? — perguntou.
Balancei a cabeça em negativa. Já tinha sido muito ruim ser um falso piloto de fuga. Também não queria ser um falso perseguidor.

Antes de ir embora daquela cidade fui à locadora de vídeo pela última vez.
— Bem? — perguntou o sujeito assim que entrei.
— Era bom — disse.
Ele balançou a cabeça como se eu estivesse dizendo algo que fazia sentido. Fiquei feliz que não tivesse me pedido para explicar. Andei ensaiando o que ia dizer antes de ir até lá, mas não consegui pensar em nada. Os contrabandistas eram ótimos motoristas. Era tipo... não sei, uma competição, talvez. Se conseguissem passar, eram pagos. Se não conseguissem, iam para a cadeia. Mas não eram homens maus, e sempre havia gente torcendo por eles. Não porque quisessem o dinheiro, mas porque eram a sua própria gente.
Transportar contrabando era o negócio daqueles homens. Até os tiras que os perseguiam os respeitavam, caso fossem bons naquilo.
— Eu sabia! — disse ele. — Estou sintonizado na sua agora. Estava segurando este aqui para você: *Alto risco*. O veículo perfeito para Kyle MacLachlan. Lembra dele em *Twin Peaks*? Este é um pequeno clássico. Subestimado e incompreendido. Muito noir.
— Obrigado. De verdade.
Estendi a mão para ele. Pude ver pela expressão que ele não estava acostumado com aquilo, mas balançou a cabeça como sempre e me desejou boa viagem.

Quando voltei para o lugar em que estava morando foi como se o tempo com Daphne tivesse passado sem que eu o percebesse. Como se nunca tivesse acontecido.

Eu tinha o videocassete portátil para me lembrar de que tinha estado com ela. Mas quando tentava me lembrar daquele tempo, era como tentar ler um livro através de uma garrafa de Coca-Cola.

Liguei para Bonnie. A mãe dela me falou que ela tinha se casado.
– Isso foi... rápido – eu disse.
– Casou com Kenny, seu ex-namorado – disse a mãe de Bonnie. – Já haviam namorado antes, mas Bonnie havia rompido com ele. Kenny está nas Forças Armadas. Ele veio para casa de licença, e tiveram de ser rápidos para que ela pudesse voltar com ele para a base.
– Ah...
– Desculpe, Eddie – disse ela. – Bonnie tentou falar com você, mas você estava fora da cidade fazendo aquele trabalho. Ela achou que você voltaria logo.
– Não pude.
– Bem, não teria feito diferença, Eddie. Não gostaria que você pensasse que faria.
– Eu não penso que faria.

Às vezes temos de esperar alguns dias antes de fazermos um assalto. Assim estaremos por perto quando chegar a hora. A postos, como diz J.C.

Certa vez, estávamos sozinhos e J.C. me contou que havia outro motivo para isso. Ninguém deve saber de todo o plano até estarmos todos juntos. Depois disso, ninguém sai, para que não haja a possibilidade de alguém dar com a língua nos dentes.

Daquela vez havia quatro de nós. Gus sempre trabalhou para J.C. Era um sujeito mais velho. Mais velho até que J.C.

– Gus esteve na guerra. Não aquelas férias no deserto – ele disse. – A guerra de verdade. Na maldita selva.

Gus tinha o rosto flácido. O cabelo era cor de ferrugem, ralo no topo, mas ele o penteava para o lado e não dava para notar, a não ser que a gente olhasse de um certo ângulo. Usava boné a maior parte do tempo.

— Gus sabe explodir coisas – disse J.C. quando nos apresentou.

— Virgil estava aprendendo como fazer isso – eu disse. – Assim poderíamos explodir aquele cofre que...

— Virgil era um amador – disse J.C. – Assim como aquele irmão caubói idiota que ele tinha. Gus é um artista.

Eu não disse nada. Não gostava quando J.C. falava mal de Tim ou de Virgil, mas nunca deixei que percebesse como eu me sentia. Estava tentando ser profissional.

— Caras assim nunca pensam além do amanhã – disse J.C. Ele olhava para meu rosto. Perguntei-me se J.C. podia ler mentes, como dizia Gus. – Sua ideia de planejar um assalto era descobrir qual caminho pegar ao dobrar a primeira esquina. Caubóis não duram muito.

— Não foi culpa de Tim – eu disse. Queria ter ficado calado, mas me sentia como se uma galinha estivesse ciscando os meus nervos.

— Ele não planejou aquilo – disse J.C., parecendo um pregador da Bíblia. Não que não fosse possível discutir com *ele*, mas como se não fosse possível discutir a *verdade*.

Imaginei como J.C. acabou na prisão, uma vez que era tão bom planejador e tudo o mais, mas não perguntei isso para ele.

Sei que Virgil teria perguntado.

Naquele trabalho, além de Gus, havia um outro sujeito, Kaiser. O negócio dele era músculos. Aquele era o primeiro trabalho que eu fazia com ele.

O cara era motoqueiro ou algo assim. Era difícil dizer pelas tatuagens. Tinha tantas que se embaralhavam, especialmente nos braços.

Kaiser estava sempre olhando para os braços, como se quisesse ter certeza de que ainda estavam ali.

J.C. sempre recapitulava tudo conosco. Ele dizia que não dava para seguir um plano sem *conhecer* o plano.

— Por falar em plano, para que precisamos de um motorista? — perguntou Kaiser. — Não vamos assaltar nenhum banco.

— A gente nunca sabe — disse J.C. — A gente nunca sabe quando vai precisar de um piloto de fuga. E um motorista como Eddie é o melhor seguro que você pode fazer.

— Dirigir é dirigir — disse Kaiser. — Tenho uma dúzia de amigos que podem fazer isso.

— Dirigir não é o mesmo que esperar — disse J.C. — Não importa o que aconteça, Eddie estará lá quando sairmos.

— Droga, ele vai ser a *única* pessoa lá, no meio da noite e do nada.

— Sei do que se trata — disse J.C., rindo para ele. — Para um nazista, até que você é bem judeuzinho, hein? Esqueça, cara. Dividiremos em partes iguais, como eu disse que seria.

— Iguais? Você já vai ficar com a metade antes de dividirmos qualquer coisa.

— Isso é para pagar o planejamento — disse J.C. — A outra metade é para a execução. Você sabe como é. Seu trabalho demora algumas horas. Mas o planejamento, a minha parte, demora meses.

— O que *você* tem a dizer, Gus? — perguntou Kaiser.

— Eu? — respondeu Gus. — Não tenho nada a dizer. Se não queria entrar nessa conosco devia ter dito antes de saber qual era o plano.

— Não estou dizendo nada disso — falou Kaiser. — Apenas não entendo por que esse garoto deve receber uma parte integral apenas para nos fornecer um serviço de limusine.

— Você não precisa entender — disse Gus.

— Sem ressentimentos, está bem? — disse Kaiser para mim mais tarde.

— Quanto a quê?

— Quanto à sua parte.

— Vou receber minha parte — eu disse.

— É, eu sei. Quer dizer... você não é lerdo, é?

— Se ninguém estiver nos perseguindo eu sempre...

— Não estava me referindo a dirigir devagar. Meu Deus, o que você é, algum tipo de parente?

– Hein?
– De J.C. Você é parente dele?
– Não.
– Bem, ele realmente se preocupa com você.
– Eu sei.
– Qual a razão de termos um piloto de fuga se vamos estar dentro deste maldito tanque? – perguntou Kaiser no banco de trás.
J.C. voltou-se para olhar para Kaiser e respondeu:
– A razão é que, no lugar para onde estamos indo, temos de passar despercebidos. A polícia vai ver este jipe velho e achar que somos um grupo de caçadores. A temporada de caça de veados começou. Temos licença e tudo o mais. Isso explica por que estamos com os rifles. E é por isso que estamos vestidos assim. Compreendeu agora?
– É – disse Kaiser.
– Tudo faz parte do plano – disse J.C. – Meu trabalho é pensar com antecedência. Para isso sou pago.

A casa era quase toda feita de vidro, em forma de triângulo, com a ponta para cima. Ficava atrás de um bosque. Se você não estivesse procurando por ela provavelmente não a veria.
– Que "abrigo de caçador", hein? – disse J.C. – A única coisa que o doutor caça aqui deve ser boceta.
– Tem certeza de que a grana está aí? – perguntou Kaiser.
– Dinheiro e moedas de ouro – disse J.C. – Esse cara faz abortos ilegais há anos. Ele não faz abortos legalmente. Chega a se dizer contra, fala que abortar é "matar um ser humano não nascido". Esperto, não acha? Quem imaginaria que ele é o homem a quem se deve procurar caso sua filha esteja grávida de seis meses?
"Ele tem um lugar onde as garotas podem ficar antes e depois. Serviço completo. Ouvi dizer que ele ganha 50 mil por cada aborto. E nem um centavo disso é declarado, então não pode ser depositado em um banco. Ele é um canalha. Quando voltar e ver que foi roubado, nem mesmo vai chamar os tiras. É perfeito.
– O lugar é bem grande – disse Gus. – Queria que tivéssemos uma ideia de onde ele guarda o dinheiro.

— Teremos todo o tempo de que precisamos – disse J.C. – E ninguém ao redor para ouvir o barulho.

Gus entrou primeiro, pelos fundos. Quando a lanterna dele brilhou dentro da casa, Kaiser pegou uma marreta com uma das mãos e um pé-de-cabra com a outra e foi até a porta da frente. J.C. estava bem atrás dele, carregando uma caixa de ferramentas.
Sabia que deveriam estar destruindo o lugar por dentro, mas só ouvia um estrondo de vez em quando.
Não podia deixar o motor ligado. Não é bom para um motor ficar horas em ponto morto. Peguei uns trapos e os molhei com limpa-vidros. Então limpei o para-brisa, os faróis e os limpadores, apenas para ter certeza. Eu havia instalado um interruptor, portanto poderia desligar as lanternas traseiras caso fosse preciso.
Não olhei para o relógio nenhuma vez, mas sabia que haviam se passado algumas horas apenas pelo modo como eu me sentia por dentro.

Saíram em fila. Gus foi o primeiro, então Kaiser, depois J.C. Gus e Kaiser transportavam as ferramentas. Tudo o que J.C. transportava era uma maleta.
Quando eu os vi, saí do carro para abrir as portas. Gus se voltou de modo que ficasse de frente para Kaiser. Gus largou as ferramentas no chão.
— Não entre no carro, Eddie – disse J.C.
Gus pegou uma pistola. Apontou-a para a barriga de Kaiser.
— Tem uma atrás de você também – disse J.C.
— Ei! que merda é...?
— Abra as mãos – disse J.C. – Largue tudo.
Kaiser fez o que lhe foi pedido. J.C. pegou algumas tiras de plástico e amarrou as mãos de Kaiser para trás.
— Ande – disse J.C. Em seguida, fez um gesto com a cabeça para eu vir também.

Levaram-no de volta para a casa. Lá dentro estava tudo destruído. Buracos nas paredes, pedaços do chão de madeira arrancados, móveis destroçados, fios saindo dos aparelhos. Havia um cravo de estrada de ferro fincado profundamente no chão.

Fizeram Kaiser ir até onde estava o cravo. Disseram para eu pegar uma cadeira na cozinha. Quando voltei, eles o fizeram se sentar. Gus ergueu os braços de Kaiser, então os puxou para trás da cadeira.

– Não temos muito tempo – disse J.C. para Kaiser – Onde eles estão?

– O que você...?

– Seus parceiros – disse J.C. – Onde estão? No fim da estrada privativa? Em nosso esconderijo? Onde?

– Você é louco de pedra – disse Kaiser. Ele não parecia nem um pouco amedrontado.

– Sou – disse J.C., como se concordasse com ele. – Mas isso são apenas negócios. Precisamos saber como nos livrar de seus parceiros. Preciso que nos diga.

– Papo furado – disse Kaiser. – Você só não quer me pagar minha parte. Eu já sabia.

J.C. segurou o queixo de Kaiser e o ergueu.

Levantou a pistola e a moveu diante dos olhos dele. Então encostou o cano da arma no lado do pescoço de Kaiser.

J.C. manteve a arma ali enquanto Gus amarrava os tornozelos de Kaiser. Era tão rápido que eu mal conseguia ver as mãos dele se mexendo. Então fez um laço com o plástico, de modo que os tornozelos de Kaiser ficaram presos ao cravo.

Gus afastou-se alguns metros. J.C. também se afastou. Kaiser estava imobilizado. Não havia como escapar.

– Mostre para ele – disse J.C. para Gus.

Gus enfiou a mão dentro do casaco e tirou dali uma linguiça grossa, como as que são usadas para fazer churrasco. Ele a ergueu para que Kaiser a visse, como se estivesse tentando vendê-la. Então pegou um rolo de fio de cobre e cortou um pedaço com um alicate.

– Você enrola isso assim – disse Gus. – Algumas vezes, bem apertado, de modo que interrompa o fluxo sanguíneo. – Ele mostrou a Kaiser o que queria dizer na prática. A linguiça inchou ao redor do fio de cobre. Três bolhas enormes, prontas para estourar.

"Dependendo de quão apertado você enrolar, demora de 15 minutos a mais de uma hora. Mas a ponta acaba ficando preta. Nenhum sangue chega até lá, é o que acontece. Como o oposto de uma ereção. Ou um boquete de vampiro.

Gus sorriu. Seu rosto continuava flácido, mas seus olhos pequenos pareciam botões negros e brilhantes.

– Então cai. Mas tudo bem. O arame fica tão apertado que você não sangra até morrer. É como um torniquete em um ferimento. Após algum tempo, a outra parte também cai. Uma parte de cada vez. Quando acaba, parece uma boceta. Uma boceta menstruada.

O rosto de Kaiser ficou molhado de suor. Ele fedia muito.

Gus pegou um par de luvas finas de borracha, como as que a gente vê as enfermeiras usando nas clínicas. Ele as vestiu.

– Quando terminar, vamos deixá-lo aqui para os tiras. – disse J.C. para Kaiser. – Depende de você. Se não quiser ser preso sem o pinto, fale antes que ele caia.

Gus abriu o cinto de Kaiser. Virei o rosto para o lado. Eu sabia que ia ficar enjoado. Eu queria estar lá fora, atrás do volante.

– Na primeira estrada transversal! – disse Kaiser. Sua voz estava alta e fina como um caco de vidro. – Pouco depois daquele grupo de bétulas brancas. Vão bloquear a estrada com pedras grandes.

Gus foi para trás da cadeira de Kaiser. Aquilo pareceu acalmá-lo.

– Quantos? – perguntou J.C.

– Cinco. Ninguém pretendia atirar. Quando o retardado saísse para ver o que havia de errado, eles cercariam o carro. Eu disse para eles que você era profissional. Que quando visse todas aquelas armas você apenas entregaria o dinheiro.

– Então *Eddie* é o retardado, hein? – disse J.C. – Você acha que foi uma demonstração de alto Q.I. trazer escondido com você aquele pequeno telefone celular?

– Eu... eu não tive escolha, eu juro. Eles pegaram minha irmã. Disseram que se eu não...

– Se tivesse uma irmã você a estaria comendo desde os 10 anos de idade. Depois que seu pai tivesse enjoado dela – disse J.C. – Agrade-

ça a Odin ou a quem quiser o fato de eu não poder responder por uma acusação de homicídio. Quando os tiras chegarem aqui, conte-lhes a história que quiser. Mas se mencionar algum de nossos nomes, você é um homem morto, não importando onde o esconderem. Entendeu?
— Sim. Vocês não precisam fazer nada comigo. Eu não...
Gus saiu de trás da cadeira e firmou o rosto de Kaiser com a mão esquerda. Sua mão direita moveu-se rapidamente. Ouvi um ruído surdo. Quando Gus tirou a mão direita, havia um furador de gelo cravado no ouvido de Kaiser.

Não voltei pelo lugar por onde viemos. Dirigi através do bosque. O jipe era perfeito para isso. Fui bem devagar e com cuidado, até encontrar uma estrada de terra batida e poder ganhar alguma velocidade. Fomos até o fim da estrada.
Depois disso, caminhamos. Gus tinha uma bússola. Saímos do bosque antes do sol nascer e eu encontrei um carro para nós em poucos minutos.

Pela manhã J.C. dividiu o dinheiro em três partes.
— Vou ter de pôr as moedas em espera — disse ele. — Pode demorar um pouco, vai nos custar alguns pontos, mas é o único modo de garantir nossa segurança.
Gus não disse nada. Nem eu. J.C. não era o tipo de homem que enganava os parceiros.
J.C. foi buscar outra garrafa de refrigerante. Ele toma dezenas delas por dia. Bem geladas, no gargalo.
Gus afiava uma de suas facas. Ele tem várias. Ele as mantém afiadas como navalhas.
Quando J.C. voltou, perguntei:
— Como soube?
— Sobre o doutor? Ele é um grande homem. Com uma boca enorme. Um caçador de boceta, como eu disse. O cara que pensa com o pinto não pensa direito, Eddie. Nunca se esqueça disso.

– Não sobre o dinheiro – eu disse. – Sobre Kaiser. Como soube que ele estava armando para nós?

Gus riu pelo nariz, do modo como faz quando acha que alguém está sendo idiota.

– Eu *não* sabia – disse J.C. – Era apenas um blefe.

– Quer dizer que não ia deixar Gus... fazer aquilo com ele?

– Não. Para quê?

– Para fazê-lo falar...

– Isso não funciona – disse Gus. – Ao menos não para se obter informação. É arriscado. Já vi gente passar por coisas de fazer você vomitar só de *ouvir* falar, e que nunca disseram uma palavra. E já vi homens morrerem de medo, também, antes mesmo de você começar. Entram em choque, tipo... o coração deles simplesmente para.

– Havia a possibilidade – disse J.C. – Nós sabíamos que ele tinha o celular, mas não sabíamos se ele tinha usado. De qualquer maneira, não dá para acreditar nesses nazistas malditos. Um vira-lata como ele, assim que fosse apertado, daria com a língua nos dentes. – J.C. tomou outro gole de refrigerante. – Algumas ferramentas só servem para um único trabalho. Quando termina, você as joga fora, estou certo?

– Claro, J.C. – respondi.

Isso foi há cerca de um ano e meio. O último trabalho que fizemos antes deste. E este será o último trabalho que faremos.

– Será nossa aposentadoria – disse J.C. – Tudo se resume a probabilidades. Porcentagens. Não importa quão perfeitamente você planeje, sempre há a possibilidade de um fator imprevisível. As coisas sempre podem sair dos eixos. Se continuar assaltando, mais cedo ou mais tarde você será pego.

– Pronto para se tornar um cidadão, Eddie? – perguntou Gus.

– Claro – eu disse.

Mais tarde, pensei a respeito. Imaginei o que eu seria caso não fosse mais um piloto de fuga.

— Ninguém vai voltar para casa depois dessa – disse J.C. – Ninguém vai voltar para tratar de assuntos não resolvidos. Ninguém vai voltar para dizer adeus. Tudo o que quiserem levar tragam com vocês, certo?

Era por isso que Vonda estava conosco. Vonda é mulher de J.C. Acho que ela está com ele há muito tempo.

Gus não trouxe ninguém. Eu também não.

Quando me mudei, não fugi no meio da noite. Não seria legal. É o tipo de coisa a respeito da qual as pessoas comentam. Disse para alguns dos sujeitos que frequentavam minha garagem que eu estava mudando para a Califórnia. Gente que gosta de carro sempre diz isso. Acho que gente que passa alguns invernos aqui também diz o mesmo.

Eu não tinha um telefone na casa onde estava, mas havia um na garagem. Um telefone público.

Achei que nunca precisaria daquele telefone, mas eu o usei para cancelar a eletricidade. O sujeito do gás só notaria que eu tinha me mudado quando voltasse da próxima vez.

Um dos motivos de J.C. ter escolhido essa cabana foi por causa do estábulo. Está em péssimo estado. Provavelmente não é pintado há cinquenta anos. Há, inclusive, uns buracos enormes no teto. Mas tem ótima eletricidade e espaço suficiente para todos os carros.

J.C. tinha um Ford Explorer novo em folha. Azul, com um reboque para transportar seu barco.

— Depois dessa serei um homem de negócios aposentado, Eddie — disse ele quando me mostrou o veículo. — Essa é uma camuflagem perfeita. Os tiras esperam que os fora-da-lei se movam rapidamente. Apenas um civil dirigiria um carro com reboque.

Gus tinha um Cadillac branco.

Meu carro não era novo como os deles. Eu tinha um Thunderbird 1955. Não pretendia colocá-lo na estrada tão cedo, mas quando J.C. disse que era nosso último assalto e que não poderíamos voltar para casa depois disso, corri para prepará-lo para a viagem. O interior não estava acabado, e eu ainda não tinha pintado a lataria, mas o carro andava bem.

O Thunderbird era a única coisa que eu não seria capaz de deixar para trás. Eu o tinha havia muito tempo. Às vezes ainda penso no modo como o consegui, porque antes disso nunca havia acontecido algo assim comigo.

A velha que estava vendendo o carro disse que ele estava na garagem e eu deveria ir vê-lo sozinho. Estava bem encostado na parede dos fundos, coberto por uma lona poeirenta. Não havia luz na garagem, mas entrava luz do sol suficiente pela porta aberta para eu ver o que estava fazendo.

Bastou levantar a lona um pouquinho para eu ver o que era. E quando tirei a lona completamente pude ver que o Thunderbird estava parado ali havia muito tempo. Os pneus estavam vazios, a borracha dos limpadores de para-brisa estava tão seca que esfarelava nos dedos e havia bolhas na tinta na lateral da cabina e ao redor dos faróis. O cromo estava manchado e o fundo do porta-malas, todo enferrujado.

Não estava trancado e o interior não estava tão ruim. Mas os bancos tinham algumas costuras rasgadas e o painel tinha várias rachaduras.

A chave estava na ignição, mas não tentei ligar o motor. Parecia que ninguém usava aquele carro havia muito tempo.

Voltei a cobrir o carro com a lona e fechei a garagem. Quando voltei a porta da frente estava aberta, como se a velha estivesse esperando por mim.

— Bem, meu jovem? — disse ela.

— É um carro muito bonito, senhora. Mas não posso pagar por ele.

— Como assim?

— Sabe que carro é aquele, senhora?

— Com certeza. Era o carro de meu marido, que Deus o abençoe, e era seu orgulho e alegria. Ele era pastor, o meu marido. Costumava chamar aquele carro de seu pequeno pecado, porque gostava muito dele. Ele o mantinha polido como uma joia.

"Quando saíamos com aquele carro, sabíamos que as pessoas falavam. Um pastor em um carro como aquele e, ainda por cima, vermelho vivo! Com certeza algumas pessoas maldosas deviam dizer que aquela era a cor de Satã. Mas Hiram sempre disse que seu juiz era o Senhor, e que ele não responderia a mais ninguém.

— Sim, senhora. Mas, quero dizer, sabe quanto vale o carro?

— Bem, outro homem esteve aqui há uma semana e disse que podia dar mil dólares por ele.

— Aquele é um Thunderbird, senhora. De 1955. Dá para ver pelas lanternas traseiras. E aposto também que é todo original, como se tivesse saído da fábrica.

— Ah, certamente que não – disse ela. – Está em péssimas condições, tenho certeza. Meu marido morreu vai fazer dez anos nesta primavera, e eu nunca o lavei.

— Não, senhora, quero dizer, não mudou desde que era novo. Tem o mesmo motor, a mesma transmissão e...

— Bem, isso certamente deve ter. O mecânico disse diversas vezes para Hiram que ele devia pôr peças novas em vez de consertar as antigas. No longo prazo era muito mais barato instalar um motor novo. Mas Hiram não podia comprar um. Ele só gastava dinheiro para mantê-la funcionando. Ele chamava o carro de "ela", dá para imaginar uma coisa dessas? Orgulho. Como eu disse, orgulho.

— Sim, senhora. Mas o que estou dizendo é que...

— Se vai me explicar, é melhor você entrar para tomarmos uma xícara de café – disse ela.

A casa cheirava um pouco a limão. A velha me guiou através da sala de estar. Toda em madeira, escura e clara, e tudo brilhando como novo. Havia uma Bíblia grande, aberta em uma daquelas coisas atrás das quais os pastores ficam quando pregam.

A velha me pediu para eu sentar na cozinha. Ela me trouxe uma xícara de café de chicória, e serviu outra para si.

— Agora me diga – disse ela. – O que tem o carro de meu marido?

— Vale muito dinheiro – falei. – Não sei quanto, exatamente, mas é mais do que posso pagar, com certeza.

— Mais do que os mil dólares que aquele outro jovem ofereceu? – Os olhos dela eram castanhos. Brilhantes e aguçados, não opacos como ficam os olhos de gente velha.

— Acho que muito mais — respondi. — Há lugares em que você pode consultar.
— Que lugares?
— Bem, não sei exatamente. Há revistas feitas para pessoas que colecionam carros antigos. Seriam uma alternativa. Eu não vendo carros. Apenas trabalho com eles.
— Mas tem certeza de que vale mais de mil dólares?
— Senhora, tenho absoluta certeza disso. Havia um cara, ele tinha um carro como o seu. Não exatamente igual, o dele era 57, e ele pagou 25 mil dólares. É claro que o dele estava em perfeitas condições, mas, mesmo assim...
— Você é cristão, meu jovem?
— Eu... acho que sim.
— Como "acha que sim"?
— Bem, não sou nada diferente disso. Não sou judeu, árabe nem nada.
— Você vai à igreja?
— Não, senhora.
— Quer dizer que não vai regularmente, ou não vai nunca?
— Não vou nunca.
— Hum! — disse ela consigo mesma. — Achei que você fosse um convertido.
— Desculpe, senhora — eu disse. — Obrigado pelo café.
Então eu me levantei.
— Espere um minuto — disse ela. — Você pagaria mil dólares pelo carro de meu marido?
— Senhora, eu já disse que...
— Você o quer para usar ou para vender?
— Se eu tivesse um carro desses, jamais o venderia.
— Tudo bem. Deixe-me buscar os documentos.

Ainda tentava entender o que estava acontecendo quando a velha voltou.
— Está tudo aqui — disse ela, entregando-me uma caixa de sapatos. — Ele guardava tudo no mesmo lugar.

— Senhora, não compreendo.

— Meu marido morreu de câncer, meu jovem. Não foi tão ruim quanto parece. Seu espírito se manteve forte até o fim, e ele morreu bem aqui, em sua própria casa.

"Tivemos um bocado de tempo para conversar. Um longo crepúsculo antes da chegada da noite. Compreendi meu marido melhor naquela ocasião do que nos 54 anos em que fomos casados.

"E sabe o que ele me disse sobre aquele carro? Ele disse: 'Ruth Ann, quero que venda aquela joia.' Era como ele chamava o carro às vezes. 'Quero que venda minha pequena joia para alguém que venha a amá-la. Alguém que a dirija e a exiba. Que se orgulhe dela. Não algum comerciante. E nem alguém que vá envenená-la para usar em corridas. É o que ela merece.'

"E eu disse para ele: 'Bem, Hiram, como poderei ler a mente de uma pessoa? Você sabe como as pessoas disfarçam quando querem algo.'

"E ele disse: 'Venho rezando por isso já há algum tempo. E Deus me enviou uma resposta. Ruth Ann, aquele carro vale muito dinheiro. E esse será o teste. Quero que ponha minha joia à venda, mas não estabeleça um preço. E quero que a venda para a primeira pessoa que não tentar enganá-la.'

"Bem, jurei solenemente para Hiram, meu jovem. Mas não tive coragem de vender o carro durante um bom tempo. Tinha medo de não perceber quando alguém estivesse tentando me enganar. Não sou boa para essas coisas.

"Então, fiz o que fez meu marido. Rezei. Não tive uma resposta direta, mas me foi dito que quando a pessoa certa aparecesse, eu poderia contar que o Senhor me alertaria.

"E foi o que aconteceu. Todas as pessoas que vieram à minha casa e foram àquela garagem tentaram comprar o carro de meu marido. Alguns me perguntaram por quanto eu queria vender, mas eu sempre respondi que não tinha certeza. Ninguém nunca chegou perto de sugerir que o carro de Hiram custava muito dinheiro.

"Então você apareceu e disse a verdade. Portanto, tenho certeza de que me disse a verdade ao dizer que vai dirigir o carro de meu marido e cuidar dele como deve. Agora, você tem mil dólares?

— Não comigo, senhora. Mas tenho. Na verdade, tenho quase 7 mil dólares separados.

– Não se incomode – disse ela. – Venha com os mil dólares e leve o carro de Hiram com você.

Seus olhos castanhos estavam um pouco úmidos, mas ela não chorou.

Fiquei com inveja de Hiram.

O Thunderbird ainda está coberto com zarcão, esperando para ser pintado. Depois que tirei a tinta velha e opaca, pensei em pintá-lo na cor original. "Vermelho-tocha", diziam os documentos. Mas, ao pensar em meu sonho, aquele do carro que vinha a mim, decidi pintá-lo de preto.

É o carro perfeito para o meu sonho. Só tem espaço para duas pessoas, no mesmo banco inteiriço.

Sempre que dirijo esse carro penso no que significa ser um piloto de fuga. Não apenas para um trabalho, para sempre.

Quando esse trabalho terminar, acho que vou descobrir.

Para este último trabalho temos uma arma secreta. É assim que J.C. o apelidou.

Seu nome é Monty. Eu não o conheço. Tudo o que sei dele me foi contado por J.C. e Gus.

O trabalho será um carro-forte que sai do cassino dos índios todo sábado à noite. Na verdade sai às 4h, na madrugada de domingo. Nunca ouvi falar de um carro-forte que fizesse coletas à noite, mas é assim que querem os índios, como Monty contou para J.C.

J.C. disse que os índios têm muito poder por aqui. Os índios do cassino, melhor dizendo, não os que vivem na reserva. Esses não têm nada.

Os índios guardam o dinheiro em uma casa-forte de paredes grossas. Entre a casa-forte e o exterior há um vidro à prova de balas. Atrás do vidro há homens com metralhadoras.

Ninguém conseguiria entrar ali, disse J.C. Mas, cedo ou tarde, o dinheiro tem de sair.

O modo como fazem isso é muito engenhoso. Toda tarde um carro-forte vai até o cassino. Entra pelos fundos, através de uma cerca especial com portas, e outro conjunto de portas mais além. Como o portão que o ônibus que leva a gente para a prisão tem de cruzar. Depois de algum tempo o portão se abre e o carro-forte sai. Se o seguir, verá que vai direto ao banco.

O problema é que não há nada dentro desses carros. Estão vazios. Um chamariz. A única vez que o dinheiro sai dali é nessa viagem noturna, uma vez por semana.

J.C. soube disso através de Monty. E Monty sabe disso porque ele é o homem que dirige o carro-forte. Um infiltrado, como aquele que Rodney e Luther tinham havia muito tempo. Só que desta vez vai ser diferente. Todo mundo aqui é profissional.

Monty não faz a viagem especial todas as semanas. Ele disse a J.C. que você nunca sabe quando será sua vez. Há uma lista de pessoas que fazem essa viagem, e Monty faz parte da lista. Ele precisa ficar perto do telefone todo sábado à meia-noite. Sempre ligam para ele, mesmo que não tenha sido escolhido para a viagem.

A empresa do carro-forte é muito severa, disse Monty. Se você deixar de atender a chamada uma única vez, você é tirado da lista especial. Também é bom o telefone não estar ocupado na hora em que ligarem. Você não pode dar para eles um número de telefone celular. Tem de ser de um telefone fixo privado. E se o pegarem transferindo as ligações você é demitido.

Monty diz que você é pago pelo sábado, trabalhe ou não, apenas para ficar a postos. Um bom dinheiro. E, caso o escolham, você ganha um ótimo bônus. Monty trabalhou lá durante muito tempo para ocupar o lugar em que está naquela lista.

J.C. me disse que eu não poderia roubar um carro para este trabalho. O que vamos usar teve de ser arranjado especialmente. Se você rouba um carro tem de usá-lo imediatamente. Quanto mais tempo fica com ele, mais chances de ser visto, mesmo que mude as placas. De qualquer modo não se encontra por aí o carro que vamos precisar para este trabalho.

J.C. comprou o carro alguns meses atrás. Ele sempre adianta o dinheiro para as coisas que vamos precisar para fazer um trabalho. O financiamento faz parte das tarefas do planejador, diz ele.

Estou trabalhando há algumas semanas no carro que J.C. comprou.

– Não há pressa – ele me disse. – É como uma roleta. Se você esperar tempo bastante, todos os números vão sair. E, se *continuar* esperando, aquele mesmo número vai sair de novo. O truque é não falir enquanto espera, certo?

– Acho que sim.

– Aquele carro-forte é como uma roleta, Eddie. E toda vez que dão o trabalho para Monty, nosso número da sorte é sorteado, entendeu? Não queremos nos precipitar. Se ligarem para Monty uma semana e não estivermos prontos, apenas esperamos. Vão chamá-lo outra vez.

É bonito aqui em cima. Tranquilo. Às vezes J.C. está por perto, às vezes não. Quando ele sai, Gus geralmente vai com ele.

Nunca saio. Nem Vonda.

Ela é... não sei a palavra certa para isso. Não é bonita como Bonnie. Quer dizer, ela *é* bonita, mas não do mesmo jeito. Vonda tem cabelos pretos compridos e olhos azul-turquesa. Tem um belo corpo e pernas compridas, embora não seja alta. A pele dela parece sempre saída do banho, e a boca parece que acabou de levar um tapa.

Não acho que Vonda seja muito mais velha do que eu, mas sabe muito mais coisas. Todo tipo de coisa. Vonda é esperta. O único assunto que sei mais do que ela é carros.

Por isso gosto quando ela vem aqui e estou trabalhando. Porque ela sempre me faz perguntas e eu sei o que responder.

Vonda descobriu sobre meus filmes acidentalmente. Às vezes, quando J.C. e Gus estão assistindo tevê à noite – gostam mais de esportes –, vou até o estábulo, ligo o videocassete e assisto a um de meus filmes. Eu podia ir para meu quarto, mas a cabana é meio pequena e o barulho iria incomodar.

Há uma parte do estábulo que ajeitei apenas para ver meus filmes. Encontrei uma poltrona grande atrás do estábulo. Estava toda podre por ter ficado ao tempo, mas arranquei tudo e cobri a armação com alguns tapetes que encontrei. Depois de pôr várias camadas e fixá-las com fita adesiva, ficou bem confortável. Dá até para virá-la de lado e apoiar os pés em um dos braços, como um pequeno sofá. Fiz um apoio para os pés e uma mesinha com alguns caixotes de madeira.

Tínhamos fios de extensão bastante compridos, mas eu não precisava de energia naquele canto do estábulo. Sempre assisto aos filmes no escuro.

O videocassete fica no canto do estábulo, e meu sofá e o resto das coisas ficam ao lado. Assim há uma parede do meu lado direito e ainda posso ver se chega alguém com o olho esquerdo.

Ao menos achava que podia. Mas, naquela noite, quando me dei conta, Vonda sussurrava ao meu ouvido.

– O que está assistindo, Eddie? – perguntou.

Acho que me assustei um pouco. Ela nunca tinha vindo ao estábulo.

– Nada – eu disse.

Apertei o botão e o filme parou. Vonda veio até o lado do meu sofá. Ela olhava para mim. Estava escuro, mas dava para ver bem as formas dela.

– Aposto que sei o que você está assistindo – disse ela.

Não disse nada.

– Não se envergonhe, Eddie. Todos os homens gostam de assistir esses filmes. Não tem nada de mais. Alguns podem ser bem picantes.

Demorou um segundo, mas então entendi sobre o que ela estava falando.

– Não – disse. – Eu não estava assistindo um desses....

– Bem, então o que você *estava* assistindo?

– Só um filme.

Vonda sentou-se no braço do sofá, com metade da bunda. Mantinha um pé no chão.

— Você não vai me contar uma história, vai, Eddie?
— Eu, não... ah, você quer dizer uma mentira, certo? Não, não estou mentindo. É apenas um filme comum.
— No lugar de onde venho, se alguém o desafia, você tem que provar. Sabe o que quero dizer?
— Acho que sim. Como em uma corrida, não é mesmo?
— Bem, não era bem o que eu estava pensando mas serve. Então. Está pronto para provar?
— Provar?
— O *filme*, Eddie. Daí poderei ver se é do tipo que estou pensando.

Era *Alto risco*, um de meus favoritos. O filme se passa há muito tempo, quando as pessoas eram melhores, eu acho. O cara da loja de vídeo estava certo.

Quando Vonda chegou, o filme estava quase acabando, na parte em que o cara do Chevy persegue o cara do Lincoln e eles têm o seu duelo final.

Achei que quando visse que eu não estava assistindo um filme pornô, Vonda iria embora. Mas continuou sentada no braço do sofá, assistindo o filme até o fim.

— Desculpe, Eddie – disse ela. – Não devia ter duvidado de você. Sei que não é o tipo de homem que mentiria para uma mulher.
— Tudo bem.
— Bem, *não* está tudo bem. Eu cometo erros às vezes ao achar que todos os homens são iguais. Mas esse erro é *meu*, e eu não deveria cometê-lo com você.
— Está tudo bem, Vonda. Não me importo.

Ela olhou para minha caixa de fitas perto do videocassete.
— Esses também são filmes comuns? – perguntou.

Depois disso, Vonda começou a vir muitas vezes à garagem à noite. Não muito tarde e nunca durante muito tempo. Primeiro, achei que ela estava tentando me pegar assistindo a um daqueles

filmes que ela achou que eu estava vendo da primeira vez, mas não era isso.
— Estou tentando entender do que você gosta, Eddie — disse ela.
— Bem....
— Não me diga! Acho que sei. Carros, certo? Quer dizer, isso faria sentido uma vez que você é um especialista e tudo o mais.

Nunca ninguém tinha me chamado daquilo. Senti a nuca arder e fiquei feliz por estar escuro no estábulo. Mas tinha de dizer a verdade para ela.
— Não... os filmes não são sobre carros — expliquei. — São sobre dirigir.

Alguns dias depois, Vonda me perguntou se eu sabia se tinha mais daqueles tapetes velhos usados no sofá. Respondi que havia vários rolos no sótão, mas que a escada estava bem podre e era preciso tomar cuidado ao subir até lá.
— Pode subir e me jogar um rolo? — pediu. — E você se incomodaria se eu me instalasse naquele canto? Não vou ficar na sua frente.

Não sabia do que ela estava falando, mas fui ao sótão e joguei alguns rolos lá de cima.

Vonda trabalhou duro nos dias seguintes. Cortou pedaços de tapete, então os estendeu em um varal e bateu muito neles com um bastão de beisebol de alumínio que Gus sempre traz no seu carro. Ela lavou um pedaço do chão do estábulo, então esfregou com uma escova. Quando terminou, o lugar cheirava a pinho.

Depois que estendeu o tapete no trecho limpo, ficou muito bonito. Vonda trouxe um daqueles rádios grandes, do tipo que também toca fitas e CDs e tem alto-falantes dos lados. Ela estava usando calças pretas elásticas e uma camiseta branca. Usava tênis branco, uma fita branca ao redor da testa, e um par de meias roxas grossas que subiam por cima das calças.

Ela ligou o rádio. Uma voz feminina disse que era hora de trabalhar os quadris. Então a voz feminina disse para ela fazer coisas, e Vonda as fez. Exercícios diferentes. A voz contava enquanto Vonda obedecia.

Durou cerca de uma hora. Toda vez que eu levantava a cabeça para olhar, parecia que Vonda estava fazendo outro exercício.

— Agora vamos fazer step — disse a voz feminina.

Vonda baixou o volume do rádio e veio até onde eu estava trabalhando.

— Eddie, preciso de uma plataforma — disse ela. — Acha que pode fazer uma para mim?

— Não sei o que é isso — respondi.

Quando Vonda me explicou o que queria, fiz uma para ela em poucos minutos. Ela levou a plataforma até onde estava o tapete, apertou um botão, e a voz da mulher começou de novo.

Vonda subia na plataforma, então descia. Várias vezes. Então, trocava de perna. Depois de algum tempo começou a fazer exercícios com os braços também.

Voltei para debaixo do carro.

Quando a mulher parou de falar, Vonda veio até mim. Tinha uma toalha rosa enrolada nos ombros. Seu rosto estava todo suado por causa do exercício, mas não fedia como os caras na cadeia quando acabam de levantar pesos ou jogar basquete.

— Isso é trabalho *pesado* — disse ela.

— Deve ser.

— Os homens são todos iguais — disse ela. — Não parece difícil, não é mesmo? Basta se alongar e ficar pulando por aí. Mas é. E resolve. — Ela virou de lado, ficou na ponta dos dedos do pé e apontou para a parte de trás de uma das coxas. — Sinta.

Toquei bem de leve e disse:

— É bem forte.

— *Aperte* — disse ela. — Vamos.

Fiz o que ela pediu. Eu não havia mentido: a coxa dela era dura como um pedaço de pau.

— Vê o que quero dizer?

— É.

— Faço aeróbica dia sim, dia não, religiosamente. E faço alongamento *todos* os dias. E também tomo oito copos de água por dia.

— Para quê?
— Para que eu...? Ah, a água? Limpa o organismo. Mantém você limpo. É muito importante para se ter uma boa pele.
— Ah.
— Eddie, por que você mantém um carro regulado? – perguntou com a mão nos quadris.
— Para que ande bem.
— Acontece o mesmo com o corpo de uma pessoa. Tem que mantê-lo regulado.
— Acho que sim.
— Você não vai querer que seu carro o decepcione, certo?
— Não. Claro que não.
— Isso porque precisa dele, Eddie. É algo de que precisa para conseguir o que quer. Por isso sou assim com meu corpo, entendeu?
— Como um lutador de boxe?
— Sim! Exato, Eddie. Como um lutador.

Às vezes, quando Vonda estava fazendo exercícios, J.C. vinha falar com ela. Eu não ouvia o que diziam. Não que eu tenha tentado ouvir.

Às vezes ela parava e ia embora com ele. Às vezes não.

J.C. também vinha falar comigo. Sobre o que precisávamos para o carro na maioria das vezes. Mas também falava um pouco sobre o trabalho.

Quando J.C. me fazia perguntas, era fácil. Quando parávamos, como se ele esperasse que *eu* lhe fizesse uma pergunta, era difícil. Nunca tenho certeza de coisas assim.

Certa vez Gus foi até o estábulo. Tinha de mexer com as coisas que ele lida.

Havia muito espaço no lugar. Gus instalou uma bancada de trabalho com cavaletes e algumas pranchas de madeira, mas, quando a experimentou, disse que não estava claro o bastante para o trabalho dele. Então peguei algumas lanternas de emergência que a gente usa para trabalhar debaixo do capô e as pendurei em uma viga, ligadas com fios de extensão. Ficavam exatamente sobre a bancada e ele disse que funcionavam bem.

Quando Gus acabou, passou por onde Vonda estava se exercitando. Não ouvi o que ele disse para ela, mas eu a escutei:
— Fica longe de mim, porra.

Sempre que Vonda terminava de fazer ginástica, ela bebia uma garrafa grande cheia de água. Às vezes, se aproximava e me perguntava se eu queria um gole. Nunca aceitei.

Vonda sempre me fazia perguntas sobre cinema. Naquela primeira vez achei que ela tivesse pensado, sei lá, que era uma imaturidade de minha parte ou algo assim. Mas ela realmente se interessava. E era legal ter alguém com quem conversar enquanto eu trabalhava no carro.

Certa vez ela me perguntou quando aquilo havia começado. Os filmes.

Respondi que assistira um filme quando era criança. Não no cinema. Era um filme de verdade, mas eu o vira na televisão.

Sempre quis assisti-lo de novo, mas nunca pude — até Daphne me falar sobre as locadoras de vídeo.

Caçada de morte, era o nome do filme. Não sei quem eram os atores, mas o astro, o cara a quem chamavam de "motorista", era muito bonito. Sempre muito calmo e frio, não importava o que estivesse acontecendo.

Quando contei a ela, Vonda me perguntou se eu tinha uma cópia daquele filme. Quando eu disse que tinha, ela quis vê-lo de qualquer jeito. Mas eu estava... não sei, um tanto tenso quanto àquilo.

Então Vonda implorou. Não implorando de verdade, apenas fingindo.

— Por favor, por favor, *por favor*! — disse ela, inclinando-se em direção ao lugar onde eu estava trabalhando. Achei que ela estivesse debochando de mim, mesmo assim concordei. Só que não queria assistir a meus filmes na frente de J.C. e de Gus. Nunca fiz isso. Não sabia o que iriam pensar.

Ela disse que tudo bem.

— Teremos uma chance, Eddie — ela disse. — Não tem pressa.

Finalmente, J.C. e Gus tiveram de ir a algum lugar durante alguns dias, para fazer coisas ligadas ao trabalho. Estavam sempre fazendo isso.

Na mesma noite em que se foram, Vonda viu o filme comigo. Eu já tinha ido ao cinema com várias garotas, mas Vonda foi a única que não disse uma palavra sequer durante todo o filme. Nenhuma palavra, como se o filme fosse importante para ela e não quisesse perder nada.

No minuto em que o filme acabou ela começou a me fazer todo tipo de perguntas.

Ninguém nunca tinha feito isso antes.

Então eu disse para ela que o motorista do filme era um piloto de fuga, mas que não fazia direito o trabalho dele. Vonda me perguntou o que eu queria dizer com aquilo. Falou sério. Então eu expliquei. O cara do filme, quando tinha de fazer um trabalho, roubava um carro. Até aí tudo bem. Mas nunca verificava como estava o carro.

Você tem de fazer isso. Você tem de se certificar de que os pneus estão bons. Até a *pressão* dos pneus é importante. Os freios, os amortecedores. Você pode ser o melhor motorista do mundo, mas se a suspensão não for boa, você não consegue fazer o que quer com o carro. Você não pode simplesmente pegar um carro na rua e fazer um trabalho com ele logo em seguida.

Vonda não sabia nada disso. Seus olhos se arregalaram quando contei para ela. Havia coisinhas brilhantes no azul-turquesa, como lascas de metal sobre tinta fresca.

Aquilo me fez sentir bem, o fato de ela ver que havia muito mais no meu trabalho do que apenas dirigir durante alguns minutos.

Então falei outras coisas para ela. As perseguições duravam muito. No filme, queria dizer. Era como se o motorista tivesse planejado que todos os carros atrás dele iriam bater e o deixariam escapar. Aquilo era uma bobagem. Nunca acontecia daquele jeito.

O motorista do filme parecia bem atrás do volante, mas dava para ver que ele não sabia fazer aquilo. Estava apenas representando.

Vonda me disse que o cara que fez o motorista era muito famoso. Tinha sido casado com uma garota tão bonita que aparecia em revistas. Vonda tinha um bocado daquelas revistas. Achei que fossem de J.C. quando as vi na cabana. Talvez também fossem. Mas Vonda estava sempre lendo aquelas revistas.

No dia seguinte, Vonda preparou meu café-da-manhã. Ela sempre cozinha, mas nunca come nada pela manhã. Achei que com J.C. e Gus ausentes ela não iria se importar. Mas me preparou uma bela omelete, com todo tipo de coisa dentro.

Fui trabalhar nos carros que usaríamos no trabalho. Mas me distraí com o modo como o sol atravessava uma fenda nas vigas.

Um raio de sol iluminava meu Thunderbird, e eu me senti mal por não estar cuidando dele. Eu tinha um jogo de cabeçotes que estava certo de que serviriam, mas nunca experimentei. Achei que era um bom dia para fazê-lo.

– Sentiu minha falta?

Era Vonda atrás de mim. Bem perto.

Olhei para o relógio. Passava das 15h. Acho que Vonda não veio se exercitar naquele dia, como geralmente fazia.

– Estava trabalhando nos cabeçotes – falei. – Quase terminei. Vão funcionar perfeitamente.

– Este é seu carro, Eddie?

– Claro – respondi.

– Jura?

– Como assim, Vonda?

– Quer dizer, você o *comprou*? Ou só roubou?

– É meu. – Por um segundo, pensei no pastor e no pecado do orgulho. Acho que sei como ele se sentia. – Eu o comprei e o estou consertando.

– É legal! – disse Vonda. – Acho que vi um assim certa vez. No cinema.

– É um Thunderbird original – expliquei. – Ano 1955.

– É tão velho quanto J.C. – disse ela rindo. – Ainda anda bem?

— Muito bem – respondi. – E com esses cabeçotes vai andar ainda mais.

— Vamos dar um passeio nele!

— Você sabe que não posso fazer isso, Vonda – disse. – Ninguém pode ver os carros que temos aqui.

— Esta cabana fica no meio de um terreno de 120 mil metros quadrados, Eddie. Não vamos precisar sair da propriedade. Vai ser só um passeio, só para eu ver como é. Vamos.

— Ainda assim alguém pode ver.

— De onde? A estrada deve ficar a quase dois quilômetros daqui. E os bosques ao nosso redor são muito fechados. Só vamos dar uma volta pelos fundos, na trilha de terra batida. Não precisamos correr. *Por favor*!

Andávamos tão devagar que um velocista poderia nos alcançar. Eu estava um pouco preocupado com o chassi, mas o chão era quase tão plano quanto o de uma estrada.

— Que bela tarde – disse ela. – Que pena que seu carro não é conversível.

— Mas é. Quer dizer, eu não tenho a capota conversível, mas o teto, este aqui, ele sai.

— Ah, tira então! Vamos.

— Ele não se afasta como em um conversível. É preciso tirá-lo com um guindaste.

— Mas você *poderia* fazer isso, se quisesse?

— Não há nada de especial nisso – eu disse, para que ela não pensasse que eu estava me gabando. – É *feito* para ser tirado. Chama-se teto removível. Todos eles têm.

— Então podemos fazer isso algum dia, certo?

— Acho que sim – respondi. – Mas realmente não vejo como.

Quando J.C. e Gus voltaram, Vonda disse:

— Vocês se divertiram?

— Não fomos até lá para nos divertir – respondeu J.C. – Depois desse trabalho, teremos o resto de nossas vidas para nos divertir.

— Trouxe alguma coisa para mim? – perguntou Vonda.

— Teremos que ir de novo na sexta-feira – disse J.C. – Diga-me o que quer e eu trago para você.

Vonda deu-lhe as costas e foi embora. J.C. olhou para mim e deu de ombros.

— Gosta dela? – perguntou Vonda no dia seguinte à partida de Gus e J.C.

— É apenas uma fotografia em uma revista – eu disse. – Eu não a conheço.

— Não me refiro à personalidade dela, Eddie. Ela não é bonita?

— Não mais do que você, Vonda. – Assim que eu disse isso meu rosto ficou quente e eu me senti um idiota.

— Como pode dizer isso? – perguntou Vonda.

— Eu... não sei.

— Olhe para a fotografia, Eddie. Agora olhe para mim. Qual a diferença?

— Ela é loura e...

— E está nua. Então, como pode dizer que sou mais bonita?

— Eu imagino – respondi.

Os olhos de Vonda se estreitaram por um segundo. Então ela levou as mãos à cintura e levantou o suéter até a cabeça.

— Olhe! – disse ela.

Ela inspirou profundamente e curvou as costas, imitando a posição da garota da fotografia. Os seios dela se projetaram para a frente, como se fossem escapar do sutiã.

— *Agora* você pode me dizer.

Para este trabalho, tenho de aprontar dois carros. Um não é bem um carro, é uma caminhonete. Não uma picape: esta aqui tem a traseira fechada, como aquelas caminhonetes amarelas que a gente aluga para fazer mudança. Mas não tive muito trabalho a fazer nela. Só uma revisão, ver se tudo estava funcionando bem.

O outro carro, o que J.C. comprou, é especial. É um grande Cadillac preto. É um tanto velho, mas é ideal para o trabalho. É um carro funerário. Não daqueles abertos que transportam as flores atrás. Este é para carregar caixões.

Gastei um bocado de tempo nesse carro funerário. Precisamos dele por causa da aparência. Mas se as coisas derem errado, também terá de ser nosso carro de fuga.

Toda vez que J.C. e Gus viajam, Vonda assiste filmes comigo.
Certa noite, ela não apareceu.
Na manhã seguinte, ela também não preparou meu café-da-manhã.
Fui até o estábulo para trabalhar no carro funerário.
Ela veio fazer ginástica. Quando terminou, se aproximou de onde eu estava.
— Sentiu saudades de mim? — perguntou.
— Achei que você quisesse assistir tevê. Quer dizer, na cabana, não no videocassete.
— Não achou que, talvez, eu estivesse doente?
— Não, Vonda. Quer dizer...
— Você sabe que adoro assistir os seus filmes com você, Eddie. Se não vim ficar com você é porque havia um bom motivo. Sempre há um bom motivo. Certo?

Tive as mais diversas sensações quando ela disse aquilo. Como se eu estivesse dirigindo muito rápido em direção a uma bifurcação de estrada e não tivesse um plano traçado. Mas eu só disse "tudo bem" em resposta, como ela queria que eu dissesse.

J.C. voltou de viagem sozinho. Eu não sabia onde estava Gus. J.C. me perguntou se eu seria capaz de aprontar tudo em três semanas a contar do sábado seguinte. Respondi que achava que sim, mas que preferia ter mais tempo se fosse possível.

Não olhei para ele quando falei. Tinha medo de que ele visse no meu rosto que eu estava triste porque logo após o trabalho, iríamos nos separar e eu nunca mais veria Vonda.

Acho que foi daí em diante que ele começou a bater nela. Ouvi naquela noite, bem tarde, através da parede.

– Sua puta idiota.

Um tapa.

Eu não sabia o que fazer. Fechei os olhos e tentei pensar em outra coisa. Na manhã seguinte ele havia ido embora. Eu estava trabalhando no carro fúnebre quando Vonda apareceu.

– Você ouviu? – perguntou.

– Hein? – É o que sempre falo quando não sei o que dizer.

– Sei que ouviu, Eddie. Está tudo bem. J.C. é esquentado, você sabe. Não foi nada.

Mantive a cabeça baixa. Na prisão, uma das coisas pelas quais J.C. era famoso era por nunca perder a cabeça. O pessoal o chamava de "homem de gelo". Ele era muito respeitado por isso.

– Foi minha culpa, Eddie – disse Vonda. – J.C. disse que eu passava o dia inteiro sentada em cima de minha bunda gorda sem fazer nada e eu respondi pra ele.

– Você não...

– Não o quê, Eddie?

– Você não fica sentada o dia inteiro. Você sempre prepara o café-da-manhã, cuida da casa e...

Ela mordeu o lábio inferior e pareceu triste.

– Ah, agora fiquei desapontada.

– Por que, Vonda? O que foi que eu disse?

– Foi o que você *não* disse, idiota. O que você *deveria* ter dito era: "Sua bunda não é gorda, Vonda. É perfeita." Acha que faço tanta ginástica para ficar gorda?

– Não queria...

– Ora vamos, Eddie. Diga a verdade. Você também acha que eu tenho uma bunda gorda, não acha?

– Eu nunca...

— Diga a verdade! — disse Vonda, furiosa. Ela se curvou a ponto de tocar os dedos dos pés. Estava vestindo um short branco que entrava no traseiro. Me olhou de cabeça para baixo, o cabelo longo e negro arrastando no chão.
— Bem?
— Não, você não é gorda, Vonda. Você é... perfeita, é isso o que você é. Eu juro.
Ela se endireitou e veio até onde eu estava trabalhando. Então me beijou. No rosto.
— Você é tão doce, Eddie. Estou me sentindo muito melhor agora — disse ela.
Eu sabia que a situação estava começando a ir para o lado errado. Mas não consegui evitar olhar para ela enquanto se afastava.

Assistimos alguns dos meus filmes naquela noite. Mostrei a Vonda onde degringolavam. Onde paravam de parecer reais.
J.C. voltou na manhã seguinte. Vonda foi muito legal, serviu Coca-colas geladas e massageou a nuca dele.
J.C. tinha um grande mapa aberto sobre a mesa da cozinha. Estava sentado, fumando. Dava para ver que estava pensando muito. Fazendo planos. De vez em quando, ele desenhava algo no mapa.
Vonda tentou sentar no colo dele.
— Estou trabalhando — disse J.C.
— Ora, vamos — insistiu Vonda.
Ele a empurrou e a destratou.

Fui ao estábulo naquela noite. Ia consertar as cortinas que cobrem a janela traseira do carro fúnebre para que ficassem fechadas, mas em vez disso acabei assistindo a um de meus filmes.
Vonda não apareceu, nem por um minuto.
Tarde naquela noite ouvi a voz de J.C. através da parede.
— O que diabos há de *errado* com você? — Eu o ouvi dizer.
Não sei o que Vonda respondeu, mas ouvi a pancada.

Pela manhã, ele havia ido embora outra vez. Gus ainda não tinha voltado.

Estávamos assistindo a um filme quando Vonda começou a chorar. Perguntei o que estava acontecendo. Afinal, não era um filme triste.

Ela não disse. Eu insisti. Finalmente, me contou que J.C. a estava machucando para valer. E que ela estava morrendo de medo dele.

Eu não sabia o que dizer. Não achava certo que ela apanhasse, mas não conseguia entender por que ela ficara tão assustada de repente. Ela estava com J.C. havia um tempão, eu sabia. E, de dia, sempre parecia terem feito as pazes.

Foi quando ela me mostrou. A pequena cicatriz redonda. Ela tirou o short para me mostrar, como se fosse o único meio de eu acreditar. Eu teria acreditado, não importando o que ela dissesse.

Na parte interna da coxa, bem perto da... ali onde é tão macio e tenro.

Fiquei enojado com a queimadura de cigarro que J.C. tinha feito nela.

Beijei a cicatriz. Então, ela segurou meu cabelo, puxou minha cabeça para cima e me beijou com força.

Na noite seguinte, ela me disse que a cicatriz era antiga. J.C. tinha feito aquilo havia muito tempo. Mas vivia dizendo que faria de novo caso ela o desafiasse. Na próxima vez, seria em um de seus mamilos, ameaçou.

– Bem aqui – disse ela.

Fechei os olhos. Baixei a cabeça, de modo que ela não notasse. Mas ela deve ter percebido.

– Olhe! – disse ela. – J.C. disse que não seria tão ruim, uma vez que são falsos.

– Falsos?

— Meus seios — disse ela, tão baixinho que quase não consegui ouvir. — Você sabe o que são implantes, não sabe, Eddie?
— Acho que sei.
— Não fiz isso apenas para que parecessem grandes — começou a contar. — Quando eu era criança, as pessoas que me criaram não me davam comida suficiente. Havia dias em que tudo o que me davam era goma de lavanderia com água. Faz a barriga da gente inchar, como se estivesse grávida, de modo que você não fica com fome. Mas não é comida de verdade. Não alimenta.

"Foi o que eu tive: desnutrição. É como quando você quase morre de fome. Suga toda a gordura do corpo. Não viu imagens de crianças assim na tevê?
— Como na África?
— Exato. Só que tem gente aqui que também fica assim. Algumas pessoas, quero dizer.
— Por que eles não...?
— Fui tirada dessa gente e me puseram em um lugar diferente. Não era maravilhoso, mas tinha bastante comida. E quando eu cresci... fiquei mais velha, quero dizer, meus seios nunca cresceram. Eram apenas umas protuberâncias pequenas e flácidas no meu peito. Assim que consegui juntar dinheiro fiz os implantes.

"Sabe o que o médico me disse, Eddie? Ele disse que agora eu sou como *deveria* ser caso não tivesse sido desnutrida quando criança. Podia tê-los maiores, como fazem algumas mulheres, mas eu queria que parecessem naturais.
— São perfeitos, Vonda — eu disse. — Não perceberia em um milhão de anos.
E era verdade.
— Não parecem perfeitos para J.C. — prosseguiu. — Ele está sempre dizendo que sou uma aberração.
— Mas você parece tão...
— Há um saquinho aqui — disse ela. — Eles o implantam bem em cima do músculo. J.C. diz que parece um saco cheio de água. Ele não gosta de me tocar nesta parte.
— Eu não...
— Eddie, me diga.
— Dizer o quê?

— Parecem sacos de água para você?
— Vonda...
— Apenas *diga*.
Ela estava chorando.
Eu a toquei. Mesmo com os olhos fechados, minha mão foi direto para onde ela queria.
— Parecem perfeitos – eu disse.
— Jura?
— Ninguém perceberia.
Não era verdade, mas acho que eu a enganei porque ela parou de chorar.

— Eu odeio ele – desabafou Vonda na manhã seguinte.
Senti um desconforto por estarmos falando de J.C. na cabana. A cabana era o lugar de J.C. O estábulo, sim, era o meu lugar.
— Por que não vai embora? – perguntei. – Vá para algum outro lugar. Há um bocado de caras que...
— Tenho medo – disse ela. – Você conhece J.C. Quão... persistente ele é com as coisas. Ele vai me encontrar, não importa para onde eu for. Eu não tenho dinheiro. Teria que voltar a dançar. E não dá para fazer isso com um saco de papel na cabeça. Ele tem fotos minhas. Alguém me encontraria para ele.
— Esse trabalho... o que vamos fazer... vai render *muito* dinheiro, Vonda – falei. – Com a sua parte, você poderia...
— Minha parte? – Ela riu. Só que não foi engraçado o modo como ela riu. – Não vou receber *parte* alguma, Eddie. Só tenho o que J.C. me dá. Quando ele quer dar. Entendeu? É como se ele tivesse uma corrente atada ao meu tornozelo.

— Não precisamos resolver isso agora – disse J.C. para Gus. – Ele não tem alternativa. Não sabe para onde iremos quando acabar, e não conhece este lugar aqui. Terá de ficar onde se esconder e esperar que entremos em contato para receber a parte dele.

— É incrível como os amadores vivem tanto tempo — disse Gus, balançando a cabeça.

— Você vai levar todas as suas fitas quando for embora, Eddie? — Perguntou Vonda algumas noites depois, quando J.C. e Gus viajaram outra vez.

— Claro — eu disse. — Tenho muitas fitas, mas não ocupam muito espaço.

— Mas seu carro é tão pequeno.

— O porta-malas é maior do que parece. E também posso pôr um bocado de coisas ao meu lado.

— Não é uma boa ideia — disse Vonda.

— Por que não?

— Às vezes, você não pode ter tudo o que quer. Terá de escolher. Vamos jogar um jogo.

— Que jogo?

— Se você só pudesse levar um filme, apenas um, qual seria?

Não precisei nem pensar a respeito. Peguei minha cópia de *Corrida contra o destino* e a inseri no videocassete.

Vonda assistiu ao filme inteiro comigo. Sem dizer uma palavra, como sempre. Só que dessa vez ela segurou minha mão.

Quando acabou, ela perguntou:

— Por quê, Eddie? Por que este é o seu favorito?

Tentei dizer para ela, mas acho que me confundi. *Corrida contra o destino* é sobre um motorista. Um ótimo motorista, fugindo de gente que quer pegá-lo. Por todo o país. Ele não é um ladrão nem nada. Apenas um motorista. E todo mundo sabe que ele está fugindo, porque tem um cara em uma rádio que está do lado dele. Então o motorista ouve a rádio e o cara que gosta dele diz o que está acontecendo. O tiras estão querendo pegá-lo, mas tem um bocado de gente torcendo por ele, até gente comum.

— É um filme perfeito — concluí. O que eu queria dizer era que não é tão complicado quanto *Alto risco*. É apenas um motorista, dirigindo para sempre.

— Mas ele se *mata*, Eddie — disse Vonda, perturbada. — No fim, ele vê o bloqueio na estrada e acelera direto naquela direção. E ele está rindo. Sabe o que vai acontecer e fica *feliz*.

— Não! — eu disse. Assim que ouvi como minha voz soou, pedi desculpas a Vonda. — Não queria gritar. Mas você não entendeu. Ele não está rindo porque pensa que vai morrer. Ele ri porque acha que vai conseguir.

— Mas não tem espaço — disse ela. — Como ele poderia...?

— Ele era um grande motorista — expliquei. — Ele tinha uma chance.

Vonda ficou em silêncio por um minuto. Como se estivesse pensando no que eu dissera.

— É isso o que eu quero — disse ela. — Uma chance. Uma chance de verdade.

— Sabe o que há de errado com aquele filme? — perguntou Vonda pela manhã. — Ele estava sozinho. Ele deveria ter uma garota com ele. *Aí* seria perfeito.

Nunca tinha pensado nisso.

— Talvez assim ele conseguisse — disse Vonda, e em seguida segurou a minha mão.

Toda vez que J.C. retorna com Gus, eles revisam o trabalho. J.C. é muito cuidadoso. É por isso que nunca fomos pegos, eu sei.

— Quer conhecer todo o plano, Eddie? — perguntou J.C. certo dia.

— Claro — respondi.

Quando J.C. e Gus me explicaram fiquei muito impressionado. Era um plano tão bom que os tiras jamais entenderiam o que aconteceu.

O motivo para me contarem todo o plano era que, daquela vez, eu tinha de fazer algo além de dirigir. Eu teria um outro trabalho. Fazer reconhecimento. Era como J.C. chamava aquilo.

– Se quiser que uma mulher se apaixone por você, precisa saber o que fazer – disse Vonda. – Precisa ter algumas técnicas.
– Como assim?
– Você tem namoradas, certo, Eddie?
– Bem, eu *tive* namoradas. Quer dizer, você sabe, garotas que...
– Claro. Alguma delas realmente amou você?
– Não sei – respondi. – Acho que não.
– Você é o cara mais legal que já conheci, Eddie. Mas se quiser que uma mulher se apaixone profundamente por você, isso não é o bastante.
– Como assim?
– Há pequenos... truques. Modos de agir. Vou lhe contar um – disse ela, naquela voz de quem conta um segredo que ela usa de vez em quando. – Se você quer que uma garota o trate bem, leve-a para comprar sapatos.
– Hein?
– Leve-a à loja mais elegante da cidade e diga para ela escolher o que quiser. Eu juro que ela vai molhar as calcinhas ali mesmo.
– Alguém já...?
– J.C. fez isso uma vez – disse ela, como se soubesse o que eu ia perguntar. – Mas há muito tempo que não faz. Agora, ele não é mais o que eu preciso.
Imaginei o que teria acontecido se eu tivesse levado Bonnie para comprar sapatos. Caso eu não tivesse me perdido com Daphne.
– Do que você precisa, Vonda? – perguntei.
Ela me encarou. Seus olhos ficaram verde-escuros.
– Preciso de um piloto de fuga, Eddie – disse ela.

– Leve-a com você – disse J.C.
– Vonda?
– Vê alguma outra mulher por aqui? Se um tira vir você por aí sem fazer nada, ele pode querer bisbilhotar. Mas se o vir com uma

mulher, vai pensar que você só está procurando um lugar onde estacionar para tirar um sarro.

— Se Vonda não se importar...

— Ela não vai se importar — disse J.C.

— É o único lugar onde posso encontrar o que preciso — disse Gus para J.C. — Armamentos assim não caem de um caminhão. E não vou negociar com um maldito balconista. Essas são pessoas com quem já fiz negócios antes.

— Voltaremos em alguns dias — disse J.C. para Vonda. — Fique de olho no Eddie.

J.C. deu uma palmada forte na bunda dela. Por cima do ombro dele, pude ver a expressão de Vonda. Ela não gostou.

Os dias ficaram atribulados a partir de então. Quando eu não estava fazendo reconhecimento, trabalhava nos carros. Na caminhonete e no carro fúnebre, quero dizer. De vez em quando cuidava do meu Thunderbird.

Vonda ficou comigo quase todo o tempo. Ensinando como eu deveria tratar as garotas. Ou assistindo filmes.

Certa vez, ela chegou a limpar o Thunderbird. Limpeza muito cuidadosa, como se estivesse areando uma panela.

Ela levou algumas horas naquilo, trabalhando pesado.

— Esta é a minha ginástica de hoje — disse ela.

Falei que o Thunderbird parecia novo por dentro.

— Viu? — disse ela — Eu sirvo para *alguma* coisa.

— Vonda, você é...

Ela pousou dois dedos sobre meus lábios para eu me calar. Então saiu correndo de volta à cabana.

Naquela noite, ela me pediu para trazer o videocassete para assistirmos filmes na cabana.

Eu gostava mais no estábulo, mas parecia que aquilo era muito importante para ela, e eu não queria desapontá-la.

Quando o filme acabou, ela foi ao banheiro. Quando saiu, tudo o que estava vestindo eram sapatos de salto alto. Vermelhos.

Não consegui dizer uma palavra.

— Eddie — disse ela, bem baixinho. — Lembra quando eu lhe mostrei a cicatriz? A do cigarro? Lembra quando você a beijou? Foi muito gostoso. É um lugar gostoso de beijar. Se eu pedir com muito *jeitinho*, você beijaria de novo?

Dali em diante, Vonda passou a ser a minha garota. Minha garota secreta.

— Tem certeza de que vai explodir tudo? — perguntou J.C. para Gus, quando voltaram alguns dias depois.

— Uma bomba dessas? Com certeza — respondeu Gus. — Não vai sobrar nada além de fragmentos de ossos, se é que vai sobrar alguma coisa.

— Tem de queimar *tudo*. Senão vão continuar procurando.

— A probabilidade é de cem para um. Com o tanque cheio de combustível, basta o impacto — disse Gus. — Mas o que trouxemos vai garantir que funcione. Mesmo que encontrem vestígios, vão imaginar que trouxemos este negócio com a gente para explodir a porta caso os motoristas não se entregassem quando nós os atacássemos.

Ele olhou de lado para mim e piscou.

— É — disse ele. — Finalmente encontrei utilidade para o que me ensinaram.

Gus referia-se ao Exército. Ele fala um bocado sobre isso. Não gostou de lá. Foi lá que aconteceu aquilo com um lado de seu rosto. Sua sobrancelha direita é dividida ao meio, como se ele tivesse duas sobrancelhas sobre o mesmo olho.

Contudo, apesar de Gus dizer que detestou, pelo que ele falava, o Exército não me parecia tão ruim assim.

Queria fazer perguntas, mas nunca as fiz. Sempre tenho medo de parecer idiota, mas não é por isso. Com homens como Gus é melhor não aparentar que você está interessado em saber algo a respeito dele.

Foi ótimo dirigir com Vonda ao meu lado, mesmo sem poder mostrar para ela que bom motorista eu era. J.C. me disse para ser muito cuidadoso e não chamar atenção. Na maioria das vezes apenas percorri as várias rotas enquanto Vonda anotava a quilometragem e o tempo.

Certo dia Vonda encostou em mim no banco do carro. Pôs a mão esquerda na parte interna de minha coxa direita. Não estava me apalpando nem nada, só a deixou parada ali.

Naquele momento, pensei em fugirmos. Simplesmente ir embora dali. Dirigindo.

Mas eu não tinha um plano de verdade. E Vonda merecia uma chance melhor do que simplesmente tentar furar um bloqueio de estrada.

Quando me disseram como faríamos o plano funcionar "abrindo o jogo", como dizia J.C., fiquei um pouco assustado.

Gus percebeu e debochou:

– Eles não mordem, Eddie.

Pegar os corpos foi fácil. Foi a primeira vez que usamos o carro fúnebre. Eu era o motorista. Tarde na noite fomos a um cemitério que J.C. conhecia. Foi uma longa viagem, porque ele disse que não podíamos fazer aquilo perto de nossa base.

Depois que colocamos a terra e a grama de volta, a aparência não ficou muito boa, mesmo no escuro. Mas J.C. disse que aquele era um cemitério de indigentes, e que ninguém visitaria as tumbas.

Foi aí que entendi por que J.C. e Gus haviam trazido aquele freezer gigante de uma de suas viagens. Depois que pusemos os corpos lá dentro ajudei a quebrar os caixões em pedaços. Então, queimamos tudo.

— Como é possível eu nunca ter visto você com uma arma, Eddie? – perguntou Vonda certo dia.
— Não entendo de armas – respondi. – De qualquer forma, não trabalho com armas. Sou o motorista.
— J.C. e Gus sempre andam armados – disse Vonda.
— Claro.
— Você não se preocupa...? Quer dizer, se acontecer alguma coisa. Se você se metesse em uma confusão e *precisasse* de uma arma, o que faria?
— Eu dirigiria – respondi. – Levaria todo mundo para longe dali.
Não voltei a ver Vonda naquele dia. À noite fui até o estábulo assistir meus filmes, mas ela não apareceu.

Eu estava polindo o Cadillac na manhã seguinte quando Vonda se aproximou. Vestia a roupa de ginástica, mas ainda não havia começado a malhar.
— Por que quer deixá-lo tão brilhante? – perguntou.
— Tem de parecer que está a trabalho – eu disse. – J.C. disse que nesta região as pessoas às vezes fazem os enterros pela manhã, assim que clareia. Portanto, se alguém vir um carro fúnebre às 4h, vai pensar que está a caminho de algum cemitério.
— J.C. pensa em tudo – disse Vonda.
Dava para notar pela voz dela que havia algo de errado. Era muito sutil, mas eu conhecia Vonda muito bem e percebi.
— O que houve? – perguntei.
— J.C. pensa em *tudo* – disse ela. – Mas não pensa em *todos*. Compreendeu, Eddie?
Dava para ver que não era hora de dizer que eu tinha entendido mesmo sem ter entendido, como faço às vezes.
— Não – eu disse.
Vonda olhou por cima dos ombros, em direção à cabana. Ela olhou para mim, como se esperasse que eu continuasse a falar.

Depois de algum tempo, pegou meu maço de cigarros e tirou um.
– Não acenda isso aqui – falei.
– Por que não? *Você* fuma aqui.
– Não tão perto de onde trabalho. Está vendo aquela peça? É o carburador de meu Thunderbird. Está mergulhado em um troço que pega fogo se cair uma fagulha.
– Achei que tivesse instalado um novo.
– Bem, instalei. E funciona bem. Mas aquele é o original, e estou tentando recuperá-lo. Por isso, estou tirando toda sujeira antes de remontá-lo.
Ela resmungou.
– Você pode fumar ali, onde assisto meus filmes, Vonda. Depois vou lá fumar um com você, está bem?
– Agora não – disse ela. – Se J.C. vier aqui fora, quero que pareça que você está trabalhando no carro e que eu só parei para dizer olá. Se ele me vir em seu sofá, vai ter ideias. E quando J.C. tem ideias, eu me machuco.
– Tudo bem. Eu posso voltar ao...
– Eddie, ouça. Lembra o que eu disse antes? Sobre J.C. cuidar de tudo? Quero que pense nisso.
– Não preciso pensar nisso. J.C. cuida de todos nos planos. E eu cuido de todos quando dirijo. É assim que funciona.

J.C. e Gus saíram outra vez após o jantar. Vonda foi para o quarto que divide com J.C. e fechou a porta.
Fui ao estábulo. Não para ver filmes. Queria ver se aquela ideia que tive para o Cadillac iria funcionar, e precisava soldar algo para experimentar.
Quando vi alguém entrando no estábulo, tirei os óculos de proteção.
Era Vonda. Usava calça jeans e um top cor-de-rosa, uma dessas coisas tubulares que se pode tirar de uma vez.
Veio até onde eu estava trabalhando. Seu cabelo estava preso em um rabo-de-cavalo, amarrado com uma fita cor-de-rosa. Tinha um bocado de batom. Brincos compridos de prata.

— Vamos ao cinema — disse ela.
Eu me levantei.
— Qual você vai querer...
— Não *esses* filmes, Eddie. Sei onde está passando um melhor. Vamos.

Vonda sentou no banco da frente do carro fúnebre. Ali dentro parecia ser um carro comum, um Cadillac grande. Ela se afastou para o lado de modo que eu pudesse me sentar atrás do volante.
— Este é nosso cinema privativo, Eddie. Especial.
— Eu não...
— Se confiar em mim, será recompensado — disse ela. — Apenas confie em mim, Eddie. Feche os olhos e verá um filme em sua mente. Como se estivéssemos em um drive-in.
Ela se aproximou de mim. Eu a abracei e olhei pelo retrovisor. Estava tão escuro que não precisei fechar os olhos. Mas fechei, porque tinha prometido.
Tentei ver um de meus filmes, mas, em vez disso, lembrei-me do meu sonho. O carro preto estacionando. Eu sabia que não tinha motorista e que era eu quem deveria estar ao volante.
Vonda fez um barulho com a boca que parecia um zumbido. Senti meu zíper ser abaixado. Senti a mão dela.
Vonda tomou-me em sua boca. Não um beijo, como tinha feito antes, mas bem profundamente desta vez. Fechei meus olhos com força. Ela voltou a fazer aquele barulho, mais alto. Pus a mão na cabeça dela, mas não a empurrei para baixo.
Quando soltei, Vonda fez um barulho diferente.

Ela ficou ali, com a cabeça no meu colo. Lambendo-me até secar, como fazem os gatos.
Seu cabelo parecia laços de seda em meus dedos.
Mantive os olhos fechados.
Vonda afastou a boca de mim.

— Você acha que sou suja, não é, Eddie?
— Ninguém pensaria isso de você, Vonda — respondi.
— J.C. acha — disse ela. — J.C. acha que sou uma puta nojenta. Ele já me chamou assim diversas vezes. E ele está certo.
— Vonda...
— Ele *está* certo, Eddie. Às vezes J.C. me faz transar com outras pessoas. Quando ele quer alguma coisa.
— Quer dizer, tipo um cafetão?
— Não. Uma puta não conseguiria ganhar dinheiro bastante para um homem como J.C.. Ele não é um cafetão. Ele é o homem que *planeja*. E quando precisa de informações para um de seus *planos*, às vezes ele me usa para consegui-las.
— Não compreen...
— Certa vez, J.C. e Gus queriam roubar uma carga de computadores. Um caminhão inteiro. Mas não tinham certeza sobre as rotas. Onde o motorista descansa, coisas assim. Então ele me enviou.
— Enviou você à fábrica?
— Não, Eddie — disse ela com a voz triste. — Mandou que eu *trabalhasse* um dos motoristas da empresa. Ele costumava ir àquele clube em que eu dançava. J.C. fez eu me aproximar dele para fazê-lo falar.

Pensei no médico. Aquele das moedas de ouro. Imaginei quanto tempo Vonda estava com J.C. Se fora ela quem....
— Isso não é ser uma puta — eu disse. — É mais... como uma espiã, talvez.
— Os espiões não precisam ir para a cama com as pessoas que espionam.
— Às vezes sim — falei. — Vi isso em...
— Isso não foi um filme — disse ela. A voz mudou de triste para agressiva. — Isso foi a vida real. E o cara não era um espião russo. Era um motorista de caminhão. Isso é algo que J.C. sempre diz: um homem não pode chupar uma boceta com a boca fechada. E, uma vez aberta...
— Por que precisa falar assim?
— Desculpe, Eddie — disse ela. A voz voltou a ficar triste. — Não é o modo que gosto de falar, não mesmo. É só que, estando junto de J.C. e de Gus todo o tempo, comecei a falar como eles. Agora acho que virou um hábito.

Depois que tive certeza de que a caminhonete estava funcionando perfeitamente, levei-a para perto do lugar onde tudo iria acontecer. J.C. diz que não é bom apenas medir com os olhos. O único jeito é levar a coisa até lá e ver se dá certo.

Levei a caminhonete para o lugar onde a deixaríamos. E fiquei feliz por ter ouvido J.C., porque *não* coube com folga. Quando voltei à estrada e olhei para trás, ainda podia ver claramente a caminhonete. Não sei como ficaria à noite, mas sabia que não podíamos arriscar.

Gus me ensinou a fazer cortinas com galhos e folhas. Você corta alguns galhos que ainda estejam firmes, mas que possam ser curvados, de modo que mantenham a tensão quando você os puser no lugar. Então você põe galhos menores atravessados, como uma treliça. Finalmente, põe galhos menores – ainda com folhas – nos espaços vazios. A não ser que alguém chegue *muito* perto, parece fazer parte da floresta. À noite, seria impossível perceber.

Gus disse que devíamos fazer as cortinas na cabana e, então, quando estivessem prontas, guardá-las na traseira da caminhonete. Não demoraria muito colocá-las no lugar.

– Onde aprendeu a fazer essas coisas? – perguntei a Gus. – No Exército?

– Onde mais? – respondeu. Ele fazia exercício para os punhos. Usava um par de alças de madeira conectadas por uma mola. Eu experimentei certa vez. É preciso usar muita força para fechá-las completamente. Mal consegui fazer dez vezes com a mão direita e não consegui nenhuma vez com a esquerda. Ele consegue fazer aquilo durante horas, tão rápido que dá para ouvir as alças baterem uma na outra quando ele fecha o punho. – Apenas uma de muitas habilidades valiosas que me ensinaram.

– Por que você as chama de cortinas? Porque pode abri-las?

Gus riu. Sua risada era sempre curta e seca. Não como se risse de algo engraçado, e sim como se estivesse debochando dos outros.

– Chamamos assim porque impede que qualquer um que passe por elas veja alguma coisa, entendeu?

Eu não disse nada.
– Você perdeu a festa – disse ele. – Quantos anos tinha quando foi preso pela primeira vez?
– Eu tinha 19 – respondi. Sabia que se referia à prisão de verdade, não aos reformatórios.
– Eu tinha um ano a menos na minha primeira vez – disse Gus. – Só que, na época, desde que o seu crime não fosse muito grave, davam-lhe uma escolha. Você podia cumprir a pena ou servir ao Tio Sam durante quatro anos.
– Podia ir para o Exército em vez de ir para a cadeia?
– Claro. Acontecia todo o tempo. Era quase a mesma coisa, acredite. No Exército, sabe como chamamos os caras que seguem carreira?
– Como?
– Condenados à prisão perpétua – disse ele. – Entende o que quero dizer?
– É. Mas ter servido é algo que se pode contar às pessoas e elas respeitam, certo? Não é como ter estado preso.
– Hoje talvez respeitem – disse Gus. – Mas quando estive lá ninguém respeitava. O Vietnã não foi uma guerra de verdade.
– Mas havia combates, certo? As pessoas morriam.
– Ah, morreu gente *pra caramba*, garoto.

Há algumas partes do trabalho em que o melhor que você pode fazer é examinar bem. Quando verificava tais coisas, eu não estava fazendo reconhecimento. Era a parte que eu tinha de fazer por conta própria, como treinar nas estradas.
Quando fui verificar tudo uma última vez, levei Vonda comigo. Como disfarce, como disse J.C.
Estacionamos perto de onde eu deixaria a caminhonete. Depois que me certifiquei de que tudo estava direito, fui até o lugar que Gus tinha escolhido para aplicar o truque de J.C. nos tiras: uma velha pedreira desativada havia anos.
Estacionei o carro de modo que não fosse visto da estrada, então fui olhar melhor.

O terreno na boca da pedreira era de pedra e terra batida. Aproximei-me com muito cuidado, para o caso de ceder de repente.

Quando olhei pela borda, vi que Gus estava certo. Devia ter uns 300 metros de altura. Às vezes as pedreiras acumulam água, mas aquela só tinha pedras de cima a baixo.

Percorri o lugar uma meia dúzia de vezes. Não haveria qualquer luz ali na noite em que fizéssemos o trabalho.

Quando voltei ao carro, Vonda estava esperando por mim. Mas não parecia impaciente, embora não pudesse ligar o rádio nem fumar enquanto eu estivesse fora, para que ninguém notasse.

— Aquela cortina para a caminhonete é incrível, Eddie — disse ela. — Você fez um ótimo trabalho.

— Foi ideia do Gus — falei.

Estiquei a mão para rodar a chave na ignição. Vonda pousou a mão sobre a minha.

— Eles não sabem quanto tempo você vai demorar, Eddie — disse ela. — Vamos voltar para onde está a cortina. Temos tempo de sobra.

Pareceu não ter demorado muito. Mas quando olhei para o relógio, havia se passado mais de uma hora.

— Já estamos bem atrasados — eu disse para Vonda.

— *Por favor* — disse ela. Bem suave, como na primeira vez que fingiu implorar para mim. — Só vou entrar correndo e pegar o que quero. Não vai levar nem cinco minutos.

Embora fosse uma locadora de vídeo, não entrei com ela. Jamais conseguiria sair de um lugar daqueles em cinco minutos.

Quando Vonda voltou, trazia uma sacola plástica na mão. Parecia muito feliz.

— Comprei um presente para você, Eddie — disse ela quando se sentou no banco da frente.

— O que é?

— É uma surpresa. Quer dizer, você sabe que é um filme, certo? Mas *qual? Essa* é a surpresa. Tem que levá-lo com você para que J.C.

não o veja. Guarde na garagem com as outras fitas. Mas tem que prometer que não vai ver. Quero assistir com você, certo?
— Claro — respondi.

— O que diabos está fazendo? — perguntou J.C.
Aquilo me assustou um pouco. J.C. quase nunca vinha ao estábulo à noite.
— Estou fazendo um negócio no carro fúnebre. Só por precaução.
— Precaução?
— Para o caso de sermos seguidos.
— Nós não vamos...
— Eu sei — interrompi. — Mas isso não vai nos atrasar. E podemos ganhar algum tempo. *Se* precisarmos. *Se* funcionar.
— Mostre para mim — disse ele.
Então mostrei para ele o tanque com espichos que eu havia soldado no fundo do carro. Parecia com os silenciosos que a gente vê naqueles antigos Volkswagens que as pessoas convertem em buggies para corridas off-road. Foi dali que tirei a ideia.
O tanque ficava na traseira do carro fúnebre, junto ao para-choque. Eu ia enchê-lo de bilhas — tenho um barril cheio delas, mergulhadas em óleo de máquina. Quando eu puxasse a alavanca, as bilhas se espalhariam atrás do carro fúnebre. Se alguém estivesse nos seguindo, não teria como continuar na estrada depois de passar por cima delas.
— Esta é uma bela peça de engenharia — disse J.C.
Mesmo com tudo o que se passava pela minha cabeça, ainda assim gostei do que ele disse.
— É como você sempre diz — falei. — Se você se preparar para quando as coisas derem errado, elas geralmente não darão.
Ele abriu um largo sorriso e voltou para a cabana.

Vonda veio ao estábulo naquela noite. Eu estava no sofá, mas estava apenas sentado, pensando.
– Você não viu o filme que eu comprei, viu? – perguntou.
– Jamais faria isso. Esperei por você. Quer assistir agora?
– Não, agora não. Não posso ficar muito tempo. E, de qualquer modo, não quero assistir aqui. J.C. e Gus vão viajar novamente, pela última vez, daqui a um ou dois dias. Então poderemos vê-los.
– Certo.
Vonda pegou meu maço de cigarros e acendeu um. Ela não se sentou. Eu não conseguia ver o rosto dela no escuro.
– Quando isso acabar, J.C. não vai me levar com ele, Eddie – disse ela. – Certamente sou boa para algumas coisas. Mas depois deste trabalho ele não vai mais precisar de mim.
– Mas... mas você disse que... se você tentasse fugir ele iria atrás de você, Vonda. Se ele não a quer mais, por que se importaria?
Ela deu um trago longo. Pude ver seu rosto por um segundo, iluminado pela brasa.
– Pense nisso – disse ela.
– Eu *tenho* pensado – respondi. – Só que isso é diferente. Assim fica mais fácil. Se J.C. vai deixá-la, você poderá vir comigo. No meu carro. Divido minha parte com você, Vonda. Vai haver um bocado de...
– Acha que é fácil assim? Você vai estar no carro fúnebre. Eles estarão na caminhonete. Com o dinheiro.
– Eles têm de voltar aqui, Vonda. Está tudo aqui. Os carros, os documentos...
– Ah, vão voltar com certeza – disse ela. Ela deu outro trago. – Têm de aparar todas as arestas antes de irem embora.
– Mas se eles...
Vonda apagou o cigarro na calota que uso como cinzeiro.
– Tenho que ir agora, Eddie – disse ela. – Apenas *pense* nisso, está bem?

No dia seguinte todos almoçávamos na cabana. A televisão estava ligada sem som. Gus gostava assim. Ele se exercitava com aquele negócio para as mãos. Clique-clique.

J.C. contou a Gus sobre o que eu estava preparando com as bilhas. Gus meneou a cabeça para mim, como ele sempre faz quando finalmente entendo o que ele está dizendo.

J.C. queria saber quando eu terminaria o carro fúnebre.

– Daqui a alguns dias – respondi.

Vonda e J.C. discutiram a respeito de alguma coisa antes de se deitarem, mas não ouvi barulho de briga através das paredes. Acho que haviam feito as pazes.

Quando acordei na manhã seguinte, não havia ninguém por perto. Preparei alguns ovos com bacon. Não cozinho tão bem quanto Vonda, mas me viro. Virgil sempre me disse que ia me ensinar a fazer churrasco algum dia, mas nunca teve oportunidade.

Fiz bastante ovo, para o caso dos outros aparecerem e também quererem comer. Mas não apareceu ninguém. Então fui trabalhar.

Eu estava no estábulo quando ouvi um carro partir. Quando fui até a cabana, J.C. e Gus tinham ido embora.

Havia passado da hora do almoço, então preparei um sanduíche para mim.

Vonda só saiu do quarto por volta das 15h. Olhei para o rosto dela, mas não vi qualquer marca.

Perguntei se ela queria comer algo.

– Agora não, Eddie – disse ela. – Tenho de tomar um banho quente.

Vonda ficou lá um bocado de tempo. Eu não sabia o que fazer. Fui até a porta, cheguei bem perto, mas não consegui ouvir barulho algum.

Bati de leve, mas alto o bastante para ela ouvir.

Ainda assim, não ouvi nada. Abri a porta, devagar, para o caso de ela estar... nem conseguia completar a frase em pensamento.

Vonda estava na banheira. Chorava baixinho, como se não quisesse que alguém ouvisse.

– O que houve? – perguntei.

Ela começou a chorar mais alto.

Aproximei-me e segurei-lhe a nuca.

Demorou um bom tempo até ela me contar o que tinha acontecido. Eu não tinha ouvido nada na véspera porque J.C. a havia amarrado. Ele queria fazer algo de que ela não gostava. E quis que Gus fizesse também. Ele tapou a boca de Vonda com fita adesiva para que ela não pudesse gritar.

Era por isso que ela precisava do banho, porque o que ele fez a feriu muito.

Ela disse que, às vezes, J.C. e Gus transavam com ela ao mesmo tempo. Contou que Gus gosta de machucar as mulheres, e que J.C. deixa ele fazer o que quiser.

Fechei os olhos. Vi pequenos pontos vermelhos, como pontas de cigarros.

— Lave-me, Eddie – disse ela, chorando. – Por favor, me lave. Preciso me limpar.

Vonda estava tão lânguida que tive de levantar os braços dela para lavar embaixo. Quando acabei na frente, eu disse:

— Vonda, quer que eu...

— Estou suja, Eddie – disse ela.

Ela se virou na banheira. Pôs as mãos na borda de modo a manter o rosto fora d'água, e eu a lavei do outro lado.

— Esfregue com *força* – disse Vonda. – Tire tudo.

Quando terminei, ajudei ela a se levantar. Peguei uma toalha e a enxuguei.

Vonda virou de costas e disse algo muito baixinho.

— O que foi, menina? – perguntei.

— Estou limpa agora, Eddie?

— Está.

Ela se virou e me beijou. Não um beijo sensual. Foi no rosto.

— Sempre posso contar com você – disse ela. – Vou me vestir agora.

Quando Vonda saiu do quarto usava um rabo-de-cavalo, como antes, e estava de rosto lavado. Vestia uma camiseta branca e larga que vinha até os joelhos. Durante um segundo a imagem de Janine voltou à minha mente. Perguntei-me se a teriam tratado bem naquele orfanato.

— Quero lhe contar um segredo – disse ela.

Sentei-me em uma poltrona. Vonda sentou-se no meu colo. Não como fazem as mulheres. Toda encolhida, como uma menina pequena.

— Parece que durante toda a vida esperei por um piloto de fuga – disse ela. – Mesmo quando era criança. Outras meninas costumam sonhar com o Príncipe Encantado. Você sabe, alguém montado em um cavalo branco que a levará a um castelo em que será uma princesa e tudo será perfeito. Eu sempre soube que seria um homem em um carro. Buzinando na frente de casa. Eu correria e iria embora com ele.

"Corri diversas vezes ao ouvir a buzina, Eddie. Só que atrás do volante nunca estava meu príncipe.

"Esperei a vida inteira. O que eu disse antes é a pura verdade, Eddie. Você é meu piloto de fuga. Esta é a minha parte nisso, Eddie. A outra, você terá que fazer acontecer. Prometa.

Não contei a Vonda sobre meu sonho porque já estava se tornando realidade. Mas prometi.

— Queria poder dormir com você – disse Vonda quando voltei à cabana naquela noite.

— Por que não podemos?

— Não é isso, Eddie – explicou. – *Dormir* com você. Do modo como uma esposa faz com o marido. Na mesma cama. A noite inteira. Assim, quando eu acordasse de manhã, você seria minha primeira visão.

— Podemos fazer isso – eu disse. – Nós podemos...

— E *faremos* – disse ela, a voz exaltada. – Mas não podemos fazer aqui. Nunca. Não sei quando vão voltar. Nunca sei. E se J.C. nos pegar, você sabe o que ele vai fazer.

Não tinha certeza do que ele faria, mas não discuti.

— Mas podemos fazer algo *parecido* – disse ela. – Se você quiser.

— Farei o que você quiser, Vonda.

— Sente-se no sofá – disse ela. – Eu já volto.

Ela sumiu por um bom tempo. Eu fiquei ali sentado.
Quando saiu do banheiro, usava uma combinação preta. O cabelo estava solto e seu rosto estava sem maquiagem alguma. Estava descalça. Parecia bem pequena daquele jeito.
– Isso parece uma camisola, não é, Eddie?
– Acho que sim.
Ela me entregou um cobertor que trazia. Então, deitou-se no sofá com a cabeça no meu colo.
– Cubra-me – disse ela.
Eu a cobri, e ela se acomodou.
– Agora vou dormir – disse ela. – Bem aqui. Só uma soneca. Você pode ver televisão. Não vai me incomodar nem um pouco. Tudo bem?
– Claro.
– E quando eu despertar você estará aqui, Eddie. Sinto-me tão segura com você a meu lado que posso dormir como um bebê. Aposto que terei bons sonhos.
Acariciei o cabelo dela, para ajudá-la a adormecer.
– Um beijo de boa noite! – disse ela com a voz infantil.
Assim que eu a beijei, ela fechou os olhos.

Eu estava assistindo a um filme na tevê. *Nas garras da justiça*. Era sobre um rapaz que matava um bocado de gente. A namorada o acompanhava todas as vezes. Iam para toda parte, atravessavam até as fronteiras estaduais. Mas quando os tiras os cercaram ele não tentou fugir. Apenas desistiu.
A menina era *muito* jovem, uma criança que não sabia de nada. O filme tentava fazer parecer que ela era tão culpada quanto ele. Mas dava para ver que era inocente. Ele era um cara que gostava de matar, e ela não tinha alternativa senão acompanhá-lo.
Vonda se espreguiçou no meu colo.
– Oi, querido – disse ela.

Foi a primeira vez que me chamou assim.
— Dormiu bem? — perguntei.
— Como um anjo. Eddie, podia fazer um favor para mim?
— Claro.
— Será que você poderia dormir no estábulo esta noite? No seu sofá? Tenho medo de que, se souber que você está dormindo no quarto ao lado, eu não consiga evitar e vá me deitar com você.
— Nós poderíamos apenas...
— Por favor, Eddie — disse ela. — Sei que estou sendo chata, mas só desta vez...?

Quando acordei pela manhã fui à cabana tomar banho. O quarto onde Vonda e J.C. dormiam estava fechado. Achei que ela ainda estivesse dormindo.

Estava tomando o café-da-manhã quando Vonda saiu. Usava um roupão de banho. Era branco, parecia feito de toalha. O cinto estava fechado, mas dava para ver que ela não usava nada por baixo.

Vonda foi até o quarto de Gus. Eu nunca tinha visto ela fazer aquilo antes.

Voltou segurando uma caixa de cigarro.
— Isto é do Gus — disse ela. E me entregou a caixa.
Abri. Lá dentro havia fotografias. Garotas. Estavam todas amarradas. Mas não como Daphne gostava de ser amarrada — aquelas garotas pareciam estar amarradas de verdade. E, pelo modo como estavam presas, devia doer. Pela expressão no rosto de uma das garotas, dava para ver que as cordas estavam realmente apertadas.

Não havia por que amarrá-las daquele jeito para não fugirem, de modo que *devia* ser como era com Daphne. Mas estava claro que não era.

No fundo da pilha havia a foto de uma garota amarrada a um grosso pedaço de madeira, como um porco no espeto. Ela olhava para a câmera. Havia um homem atrás dela, mas não dava para ver o rosto dele. Os olhos da garota estavam arregalados. A boca aberta, como se ela estivesse gritando.

– Este é Gus – disse Vonda outra vez.

Não dava para saber se ela estava dizendo que era Gus na fotografia. Eu não quis perguntar.

– Cuidado – avisou. – Têm que ficar na mesma ordem ou ele vai saber que alguém mexeu.

Não as toquei. Vonda guardou as fotografias como estavam antes. Então devolveu a caixa ao quarto de Gus.

Voltei para junto dos carros.

Não vi Vonda durante o restante do dia. Mas jantamos juntos. Ela preparou um ensopado com todo tipo de coisas dentro. Eu disse que aquele era o melhor ensopado que eu já tinha comido na vida, e não estava mentindo. Virgil nunca preparou ensopado.

– Obrigado, Eddie. Muito gentil de sua parte. Pronto para ver seu filme agora? – perguntou. – O presente que eu comprei para você?

– Claro.

– Bem, vá buscá-lo! – disse ela, sorrindo para mim.

O filme era *Juventude transviada*. Na capa havia um sujeito de casaco de couro junto a um Mercury antigo.

– Não é sobre dirigir, Eddie – disse Vonda. – É uma história de amor. Mas é o meu favorito de todos os tempos. E quero que você assista comigo. Tudo bem, querido?

Respondi que sim. Só porque todos os meus filmes eram sobre dirigir não significava que eu não podia gostar de outro tipo.

Nos sentamos juntos para ver. O filme era sobre um rapaz que não se adaptava. Nunca. Sua família tinha acabado de se mudar para uma nova cidade, e ele não se adaptou ali também.

Tinha uma garota de quem ele gostava muito. Bonita, cabelo preto. Só que a garota já tinha alguém – o líder do bando para o qual o rapaz queria entrar.

O cara do filme tentou fazer os outros gostarem dele, mas não funcionou. Não o deixavam entrar para o bando. Então ele apostou uma corrida com o namorado da garota de quem ele gostava.

O filme continuava depois disso, mas foi naquele momento que eu me dei conta do que tinha de fazer.

Olhei para Vonda, para ver se ela tinha entendido, mas ela estava perdida no filme.

Ela chorou quando acabou. Não dava para saber se estava chorando de tristeza ou de alegria. O melhor amigo do cara, um menino pequeno e assustado, morre no fim do filme. Mas o rebelde e a garota de quem ele gostava ficam juntos.

Há alguns anos, um cara trouxe um Mustang à minha garagem. Ele queria uma arrancada melhor. Não para corridas de verdade. Apenas para o tipo de coisa que alguns garotos fazem no sinal de trânsito.

Disse-lhe que ele precisava ou de mais motor ou de uma traseira mais rebaixada. Ele me perguntou um bocado de coisas a respeito de rebaixar a traseira, como se nunca tivesse ouvido falar naquilo.

Fui para trás do carro para mostrar para ele. Ele tinha um bocado de adesivos no para-choque. Lembro-me de duas bandeiras confederadas. Um dos adesivos dizia "OQJF".

Perguntei o que significavam aquelas letras. Ele me disse: "O Que Jesus Faria?"

Aquilo me deixou confuso, então perguntei como alguém poderia saber? Ele respondeu que bastava fazer a pergunta para si mesmo: "O que Jesus faria?". Então, fosse lá o que Jesus fizesse, seria a coisa certa. E você tentaria fazer o mesmo.

Não entendia como as pessoas saberiam o que Jesus faria, mas não disse nada.

Antes, durante o filme, achei que sabia o que tinha de fazer. Mas quanto mais pensava naquilo, mais me dava conta de que só saber *como* fazer algo não quer dizer que *deva* fazê-lo.

O que Tim faria?, perguntei-me.

J.C. é o homem mais inteligente que eu já conheci. É ótimo para planejar e coisas assim. Mas Tim era mais esperto no que dizia respeito a fazer a coisa certa. Todo mundo dizia isso dele. Especialmente depois do julgamento.

Senti tristeza no coração, porque não podia consultar o homem que teria a resposta que eu buscava.

Então, me censurei pelo que estava pensando. Afinal, me sentir mal por não poder fazer perguntas a Tim era apenas outro meio de me sentir mal por mim mesmo, e não por Tim.

Nunca penso em Tim e Virgil porque, toda vez que me lembro deles, sinto-me vazio, esmagado, como uma lata de refrigerante em uma dessas máquinas de reciclagem.

Costumava sonhar – não um sonho de verdade, creio eu, porque eu estava sempre acordado – em resgatar Tim da prisão, como vi em alguns filmes.

Não é impossível. As pessoas fogem da cadeia. Certa vez, ouvi dizer, algumas pessoas escaparam do corredor da morte, na Virgínia. Não sei se é verdade, mas acho que é possível.

Sei que Tim certamente tentaria.

Os caras que fugiram no Texas, aquele bando de gente, fizeram tudo por contra própria, lá dentro. Mas quando saíram tinham um carro esperando por eles.

Eu podia fazer esta parte. Se Tim conseguisse sair, eu poderia ser o motorista.

Não saberia fazer mais nada. Mas se Tim conseguisse falar comigo, eu o esperaria onde ele dissesse para eu esperar. Com o carro mais rápido, o melhor carro que jamais existiu.

Mas Tim nunca me escreveu uma carta, e eu nunca escrevi para ele. Sei por que Tim nunca escreveu, e não o afrontaria indo contra a vontade dele.

Sempre leio os jornais, esperançoso. Mas o nome de Tim não aparece mais nos jornais.

Há um outro meio de sair da prisão, ouvi dizer. Há advogados, gente com conexões, políticos. Podem consertar as coisas. Não sei nada sobre isso, mas todo mundo na prisão diz que é assim que funciona. Basta ter dinheiro. Muito dinheiro, porque terá de ser dividido.

Quando este trabalho terminar, vou encontrar um desses consertadores, para ver se ele pode fazer algo por Tim. Não sei ao certo aonde procurar, mas há gente a quem acho que posso perguntar.

Continuo achando que a melhor pessoa a quem perguntar seria J.C. Sinto-me mal por não poder fazer isso, mas não é um sentimento egoísta. Porque, desta vez, não é por mim que estou me sentindo mal.

Tenho certeza de que se Hiram ainda estivesse vivo, ele seria um homem a quem eu poderia perguntar. Não porque era pastor, ou porque soubesse o que Jesus faria, mas, sim, pelo tipo de homem que era, por ter aquela mulher que o amava tanto muito tempo depois de ele ter morrido.

E ela também havia me escolhido para tomar conta do carro de Hiram.

Certo dia saí com o Thunderbird. Sabia que não deveria fazer isso. Mas simplesmente tinha de sair, embora não soubesse por quê.

Não queria correr, praticar retornos nem nada. Só queria dirigir. Sozinho.

O sol brilhava, mas não era aquele branco forte que brilha de vez em quando. Era um brilho suave, bonito, como se estivesse atravessando aquelas janelas grandes e coloridas que há nas igrejas.

O Thunderbird queria correr, mas mantive a rédea curta. Achei uma boa estação de rádio. Tocava uma música de Delbert McClinton. Ele é um dos músicos de que mais gosto.

Fiz uma longa curva, tão suavemente como a água sobre as pedras de um rio. Eu estava pensando nos novos amortecedores, que estavam realmente funcionando... quando vi o carro de polícia.

Estava estacionado no acostamento, como se esperasse por carros em alta velocidade. Eu não estava correndo, mas prendi a respiração.

Então, o carro de polícia começou a andar atrás de mim.

As luzes do teto não estavam piscando.

Eu conhecia perfeitamente as estradas daquela região. E devia conhecer mesmo depois de tanto trabalho de reconhecimento e treinamento. Não sabia o que os patrulheiros tinham nos carros, mas estava certo de que poderia despistá-lo se conseguisse sair da estrada.

Mas, cedo ou tarde, eu teria de voltar à cabana. Não havia telefone lá. Teria de ir por conta própria.

E se os tiras estivessem me vigiando todo mundo estaria ferrado. Não precisava de Tim a meu lado para perguntar o que fazer.

Desacelerei e me afastei um pouco para a direita, como se estivesse deixando o carro de polícia passar.

O patrulheiro emparelhou. Olhei para ele. Era o mais natural a fazer. Então ele gesticulou com a mão direita, mandando eu estacionar.

Estacionei. O patrulheiro também estacionou. Mas não atrás, como sempre fazem. Na frente.

O patrulheiro saltou e veio em minha direção. Baixei o vidro e peguei minha carteira para tirar minha habilitação e os documentos do carro. Mesmo com medo, parecia bem. Eu tinha tudo aquilo, como se fosse uma pessoa normal.

— Onde conseguiu isso? – perguntou o policial.

— É meu – respondi. – Comprei de...

— Não, filho. Quero dizer, onde você conseguiu um 55? Não se veem muitos desses ultimamente. Está restaurando?

— Sim, senhor. Estou trabalhando nele há quase três anos.

— Uau! Se importa se eu der uma olhada?

— Com todo prazer – eu disse. E não estava mentindo. Abri o capô. Então saí e o levantei para ele ver.

— O carburador não é original – disse ele. Pareceu um tanto desapontado.

— Estou com o original em casa – falei. – E os tubos de exaustão originais também.

— Vai colocá-los de volta quando terminar?

— Eu... eu não estou certo. Estava pensando que talvez sim, algum dia. Mas anda bem melhor desse jeito.

— Aposto que sim. Nas manhãs de frio demora um tempão para o meu pegar.

– O senhor também tem um?
– O meu é 56 – explicou. – Amarelo-ouro, com teto branco. – Ele olhou para os bancos. – Originalmente o seu era o quê? Vermelho?
– Vermelho-tocha – respondi, orgulhoso por saber.
O patrulheiro deu a volta por trás do carro, mas não girou os ombros como fazem os tiras quando querem nos deixar nervosos.
– As saias são originais ou comprou novas?
– Originais – respondi.
– Procuro um par há anos – disse ele. – Mas tenho o kit Continental.
– Já vi um desses. Em um 57. Ficou ótimo.
– Também aumenta o espaço no porta-malas. Não sou um desses caras que tem os carros só para se exibir. Eu *dirijo* o meu.
– Eu também – falei.
– Conheço um lugar onde vendem a tinta original – disse ele. – Ainda têm um pouco em estoque.
– Sério?
– Claro. Se quer um modelo cem por cento original tem que ser tudo autêntico, certo?
– Certo. Onde fica esse lugar onde vendem a tinta?
O patrulheiro ficou comigo um bom tempo. Tempo o bastante para eu fumar dois cigarros. Ele até fumou um comigo.
Enfim ele disse que tinha de ir. Falou que tinha sido um prazer conhecer alguém que tinha um velho Thunderbird para dirigir, não apenas para guardar na garagem e só tirá-lo dali no domingo, quando não chovia, como fazem algumas pessoas.
Dissemos nossos nomes um para o outro e nos cumprimentamos. Ele não pediu para ver minha carteira.
Depois que ele se foi, continuei dirigindo na mesma direção durante algum tempo, só para ter certeza.
Fiquei muito feliz por ter me saído bem. Queria que a mulher de Hiram pudesse ter me visto exibindo a joia dele.

– Está pronto para rodar? – perguntou J.C. no fim da semana. Falava a respeito do carro fúnebre. A caminhonete não precisava de nada.

— Praticamente — respondi. — Ainda não sei onde Gus vai pôr as coisas dele.

— Não se preocupe com isso — disse J.C. — Gus me disse que o que vai levar não é maior do que uma maleta. Não será como o maldito dinheiro. Esse vai vir em notas misturadas, de modo que estamos pensando entre 100 e 150 quilos para cada milhão. Será um bocado de saquinhos pesados. Por isso precisamos da caminhonete.

— Pensei que fosse porque...

— Porque o carro fúnebre não vai voltar? Não. Veja, Eddie, todo bom plano é muito simples. Quanto mais complicado, mais chances de dar errado.

— Você realmente sabe planejar as coisas, J.C

— Esse é o meu trabalho — disse ele.

— Acho que não tem jeito de...

— Como? O que tem em mente, garoto?

— Esse cara. Monty. Ele não é como a gente, certo?

— Como a gente? Ah, sim, quer dizer que ele é um sujeito careta. Mas claro. Acha que deixariam um cara com ficha criminal pilotar um desses carros-fortes? Monty seria incapaz de arquitetar um plano assim sozinho. Mas alguns desses cidadãos, uma vez que você descobre como intrigá-los, não há o que não façam.

— Mas e se... mas e se ele for... e se ele for como Kaiser?

— Quer dizer, se ele tiver alguns amigos esperando pela gente? Sem chances, Eddie. Um — prosseguiu, contando com os dedos —, como você disse, ele não é do nosso mundo. Não saberia onde encontrar gente para um trabalho assim. Dois, ele não faz ideia de onde estamos. Ele não sabe nada sobre este lugar. Está tudo do nosso lado, vê?

— Então, como ele...?

— Assim que acabar ele vai embora. Vai desaparecer. Mas Monty é esperto. Está planejando algo assim há anos, antes mesmo de o conhecermos. Só estava esperando o pessoal certo.

"Monty tem feito viagens regulares a Nova York. Há um cirurgião plástico por lá que vai mudar o rosto dele assim que isso acabar. Também tem novos documentos de identidade, esperando apenas as fotografias com o novo rosto.

"Sabemos onde vai se esconder até podermos entregar o dinheiro para ele. Tudo o que ele tem de fazer é aguentar firme por alguns dias e depois desaparecer. Nunca o encontrarão.
– Acho que não. Mas se ele for pego pode...
– Entregar todos nós? Claro. E daí? Ele nunca o viu. Além disso, se o esquema do Gus funcionar como ele diz, ninguém nem mesmo vai estar *procurando* por ele, certo?
– Está certo, J.C. – concordei. – Você pensou em tudo.

Gus queria jogar cartas naquela noite. Jogo de copas. Eu, ele e J.C. Eu não queria fazer mais nada com Gus, mas sabia que tinha de jogar.
– Também quero jogar – disse Vonda. Ela nunca tinha jogado conosco.
– Não dá para apostar com quatro parceiros – disse Gus.
– Podemos jogar em duplas – disse J.C. – Eu e Vonda contra você e Eddie.

– Qual é o seu problema? – disse Gus. – Não entendeu que eu estava tentando pegar todas as copas e a dama de espadas?
– Desculpe – eu disse.
– Veja se entra no jogo, garoto. Já perdemos quase 100 dólares.
– Daqui a algumas semanas vocês estarão acendendo charutos com notas de 100 dólares – disse J.C.

Sabia que J.C. e Gus não viajariam de novo. Por isso, não fiquei desapontado quando Vonda parou de assistir filmes comigo. Parou de fazer ginástica também.
A única vez em que eu a vi foi quando veio ao estábulo certo dia com J.C. e Gus.

— Ei, o que há com a porta da frente desse carro fúnebre? – perguntou Gus.

— Como assim? – perguntei.

— Como pode abrir pela frente? É esquisito.

— Isso se chama "porta de suicídio" – expliquei. – Costumavam fazer todos os carros assim.

— Posso ver por que tem esse nome. Meu Deus, você cai de cara.

— Não se for cuidadoso. E calculo que me dará mais de um segundo de vantagem se eu tiver que sair rápido.

— Isso é porque Eddie é um ás – disse J.C. – O melhor piloto de fuga do mercado.

Mesmo com tudo o que eu sabia a respeito dele àquela altura, significou muito J.C. ter dito aquilo para mim.

— Tem certeza que ele não está tramando algo? – perguntou Gus para J.C. naquela mesma noite.

— Você e Eddie, pelo amor de Deus – respondeu J.C. – Monty não tem nada. É ele quem tem que confiar em *nós*. Ele vai levar o carro-forte, mas nós estaremos levando o dinheiro.

Gus não disse nada.

J.C. inspirou profundamente. Então expirou lentamente, como se estivesse tentando manter a calma.

— Tudo bem – disse ele, olhando para nós dois. – Mais uma vez: vai haver dois homens no carro-forte. Um deles é Monty. O outro cara, o que está ao volante, não sabe de nada. Ficaremos atrás daquelas pedras de modo que ninguém possa nos ver da estrada. Quando se aproximarem, Monty saca a arma e faz o outro cara dirigir em nossa direção.

"Monty o mantém sob a arma. Gus vem por trás com o clorofórmio. O sujeito vai apagar como uma lâmpada, ficar inconsciente durante uma hora no mínimo.

"Quando o cara acordar, vai estar a alguns quilômetros do lugar onde nós o pegamos. Estará algemado ao volante, o rádio estará desativado e todos os fusíveis do carro terão sido arrancados, de modo que também não terá buzina nem luz.

"Mesmo quando os tiras finalmente o encontrarem, tudo o que poderá dizer é que Monty estava envolvido no assalto. Não viu nossos rostos, nunca nos ouviu conversar. Mas nos *certificaremos* de que ele veja o carro fúnebre... Isso é trabalho de Eddie.

"Os tiras vão entender que Monty e os ladrões entraram em um carro fúnebre para fugir. O motorista perdeu o controle em uma curva junto à pedreira e caiu.

"Quando finalmente chegarem lá para examinar os destroços, não encontrarão corpos de verdade, apenas *pedacinhos* de corpos, todos queimados. Mesmo que sobre algum material para fazerem DNA, não é *nosso* DNA. Portanto, mesmo que não caiam na conversa, a única pessoa que podem vir a procurar é Monty.

"E mesmo que peguem Monty algum dia, o que terão? Claro, como Eddie já me perguntou, ele poderia nos entregar em uma fração de segundo. Mas o que poderá dizer a eles? Enquanto isso, o tempo passa e a lei estatuária está correndo. Isso não é homicídio, é roubo. Cedo ou tarde terão de desistir.

– É – disse Gus. – Tudo o que Monty tem a fazer é dirigir o carro-forte alguns quilômetros, lenta e cuidadosamente, então abandoná-lo e desaparecer. Vai nos dar uma boa margem, especialmente se a base o chamar pelo rádio e ele ainda estiver ao volante.

– Os tiras pensarão que Monty estava conosco – disse J.C., sorrindo – e que também caiu no precipício. – Ele se voltou para mim. – Ei, Eddie, tem certeza de que aquele chão não deixa rastros?

– Rastros de carro, um pouco, talvez – respondi. – Mas nunca os nossos passos, quando voltarmos.

– Não pode firmar algum objeto no pedal do acelerador, fazê-lo funcionar sozinho? – perguntou J.C.

– Não. Quer dizer, eu *poderia*, mas talvez não funcione. O único modo de ter certeza é engatar a alavanca de marcha e nós três empurrarmos. A regulagem do ponto morto está bem alta. Vai ser fácil.

– Há algo que eu possa fazer também? – perguntou Vonda.

– O que tem que fazer é ficar sentada bem aqui – respondeu J.C. – Vamos voltar com dinheiro bastante para iluminá-la como a uma árvore de Natal.

No sábado todos ficamos acordados. Quando o celular de J.C. tocou, me sobressaltei um pouco. Mas era apenas Monty, dizendo que não seria naquela noite.
Foi uma semana ruim. Com J.C. e Gus por perto todo o tempo, Vonda mal podia falar comigo. Mas às vezes, quando ninguém estava olhando, ela me dava um aperto às escondidas.
Passei muito tempo no estábulo. Mas não assisti a nenhum de meus filmes.

A semana seguinte foi como minha primeira semana na cadeia. Parecia que os dias não passavam.
Na noite de sábado o telefone de J.C. tocou outra vez. Quando desligou, ele disse:
– É hora do show.
Saímos para pegar os cadáveres na geladeira. Estavam muito escorregadios, tivemos de embrulhá-los em cobertores.
Gus e eu carregamos os corpos na traseira do carro fúnebre. J.C. ficava olhando o relógio e dizendo:
– Tempo de sobra, tempo de sobra.

Quando saí do estábulo com o carro fúnebre caía uma chuva de primavera.
– As estradas vão estar escorregadias – disse Gus.
– Eddie sabe o que está fazendo – disse J.C.
Gostei de J.C. ter dito aquilo. Mas Gus estava certo, e fiquei muito atento.
Conseguia sentir o peso extra no volante. Mais peso ajuda você a não derrapar, mas se a traseira rabear, também fica mais difícil de segurar. O truque para dirigir em pista molhada é conduzir suavemente – são os movimentos bruscos que nos levam a derrapar.

J.C. estava certo quanto a termos tempo de sobra. Quando o carro-forte apareceu esperávamos no carro fúnebre havia mais de uma hora.

Estávamos bem escondidos atrás de uma grande pilha de pedras, mas eu podia ver toda a estrada através do para-brisa, mesmo sem os limpadores funcionando. Também estava com o vidro abaixado.

O carro-forte diminuiu de velocidade e foi para o acostamento. Continuou vindo, bem devagar, até ficar junto a uns arbustos perto do lugar onde estávamos. Os faróis se apagaram.

Dois homens vestindo uniformes saíram. Começaram a caminhar em direção ao lugar onde estávamos escondidos.

Quando se aproximaram pude ver um homem empunhando uma pistola, apontada para as costas do outro.

Pararam a menos de seis metros de onde estávamos. O que estava sem arma se voltou, de modo a olharem um para o outro.

Liguei o motor e avancei, para que o motorista do carro-forte nos visse.

– Está louco se acha que vai fugir com isso – disse o cara sem a arma. – Eles vão saber...

Os tiros vieram tão subitamente que senti uma pontada no peito. O barulho ecoou nas pedras como trovões em uma caverna. Um dos homens caiu.

– Merda! – disse J.C.

Ele e Gus correram para o lugar onde estava o homem de uniforme, ainda segurando a pistola. Eu fiquei no banco do motorista.

O que falaram um para o outro não deu para ouvir, mas dava para ver que J.C. estava furioso. Ele levantou a mão como um guarda de trânsito, mandando eu manter o carro fúnebre onde estava.

J.C. estendeu a mão e o homem de uniforme entregou a pistola. J.C. a pegou, mas não a apontou para ninguém, apenas a manteve junto ao corpo.

Então J.C. disse algo, apontando o dedo para o peito do sujeito. O cara e Gus pegaram as pernas do morto e o arrastaram para o carro fúnebre. Ouvi abrirem a porta pelo lado de fora e o ruído surdo quando jogaram o corpo lá dentro.

Não olhei para trás. Meu trabalho era vigiar a estrada. De qualquer modo, não poderia ver muito com todos aqueles corpos empilhados na traseira.

Vi Gus e o sujeito caminharem até onde J.C. os esperava. J.C. apontou outra vez. O homem de uniforme subiu no carro-forte e o dirigiu para o outro lado da estrada, no lugar onde a caminhonete estava escondida atrás da cortina.

J.C. e Gus foram até lá a pé. Orientaram o motorista a manobrar até o carro-forte ficar no lugar certo.

O motorista do carro-forte saiu. A chuva cobria o para-brisa, mas era possível ver três silhuetas carregando a caminhonete com os sacos de dinheiro.

Não demorou muito. O homem de uniforme voltou para o carro-forte e partiu na mesma direção em que estavam indo anteriormente.

J.C. e Gus atravessaram a rua até o carro fúnebre. Entraram atrás e bateram a porta.

– Vá! – disse J.C.

Avancei lentamente até ter certeza de que estava tudo bem. Então pisei fundo no acelerador e pegamos a estrada, a caminho da pedreira.

Ficava a exatos dois quilômetros de distância. Havia verificado diversas vezes. Mas também marquei um "X" em uma pedra grande mais adiante, só para ter certeza.

Quando vi o "X" pisei no freio para os pneus de trás se firmarem no asfalto e girei o volante para a direita. O carro fúnebre escorregou até o ponto exato onde deveríamos saltar e começar a empurrá-lo.

– Vamos! – disse J.C.

Fechei os olhos por uma fração de segundo. Podia ver o carro preto de meus sonhos, saindo de dentro da noite.

Pisei no acelerador. O carro fúnebre avançou.

– Que diabos você...!? – gritou Gus. Podia ouvi-lo abrindo caminho através dos corpos para me pegar.

Eu sabia que faltavam menos de 100 metros até a borda. Puxei com força o cabo que havia conectado ao pedal do acelerador, travando-o.

O carro fúnebre avançou na escuridão, comendo terreno. Contei até quatro.

– *Eddie!* – gritou J.C.

Senti as mãos de Gus tentando me pegar. Inclinei-me para a frente, abri a porta do suicídio e pulei. Exatamente como no filme de Vonda.

A traseira do carro fúnebre passou rapidamente diante de meus olhos. O chão se aproximou e me esmagou. Durante um minuto achei estar paralisado. Não conseguia respirar, mas estava de olhos bem abertos.

O carro fúnebre foi até a borda, motor rugindo. Vi as luzes de freio piscarem uma vez.

Recuperei o fôlego. Levantei-me devagar. Eu tinha mordido o lábio, e sangrava um pouco. Meu tornozelo esquerdo não aguentaria muito peso. Mas eu estava bem. Nada quebrado.

Ergui a cabeça e vi que estava bem perto da beira. Arrastei-me até lá, com cuidado porque estava escuro.

Justo quando olhei para baixo ouvi a explosão.

Gus estava certo. A escuridão lá embaixo incendiou-se em uma gigantesca bola de fogo.

Manquei de volta à estrada, sentindo o tornozelo mais firme. Então, voltei até onde havia deixado a caminhonete, cortando caminho pela floresta. Assim era mais rápido. Eu sabia disso porque havia treinado.

A caminhonete pegou de primeira. Dirigi a caminhonete com o dinheiro através de estradas secundárias até a cabana. Demorou muito, mas evitei cometer alguma besteira.

Dei três voltas grandes ao redor do lugar onde ficava a cabana, mas ninguém me seguia. Finalmente entrei e guardei a caminhonete no estábulo. Fiquei ali sentado um minuto, ouvindo.

Nada.

Abri o porta-malas do Thunderbird. Dava para ver que não caberiam todos os saco de dinheiro. Teríamos de deixar um pouco. Mas tudo bem. Ainda teríamos o bastante para durar para sempre.

Manquei até a cabana, tristeza e orgulho misturados no peito.

Havia apenas uma pequena luz na janela da frente.

Subi os degraus da varanda e abri a porta. Vonda estava sentada à mesa da cozinha.

– Eddie – disse ela.

Havia alguém mais no canto, em pé na escuridão. Quando se mexeu, vi que tinha uma pistola na mão.

Vonda voltou-se e olhou para ele. Foi quando vi quem era.

Monty.

Seu piloto de fuga.

TÍTULOS DA COLEÇÃO NEGRA:

Essa maldita farinha, de Rubens Figueiredo
Mistério à americana, organização e prefácio de Donald E.
Bandidos, de Elmore Leonard
Perversão na cidade do jazz, de James Lee Burke
Noturnos de Hollywood, de James Ellroy
Viúvas, de Ed McBain
Modelo para morrer, de Flávio Moreira da Costa
Violetas de março, de Philip Kerr
O homem sob a terra, de Ross Macdonald
O colecionador de ossos, de Jeffery Deaver
A forma da água, de Andrea Camilleri
O cão de terracota, de Andrea Camilleri
A região submersa, de Tabajara Ruas
Dália Negra, de James Ellroy
O executante, de Rubem Mauro Machado
Sob minha pele, de Sarah Dunant
A maneira negra, de Rafael Cardoso
Cidade corrompida, de Ross Macdonald
O ladrão de merendas, de Andrea Camilleri
Assassino branco, de Philip Kerr
A voz do violino, de Andrea Camilleri
As pérolas peregrinas, de Manuel de Lope
A sombra materna, de Melodie Johnson Howe
A cadeira vazia, de Jeffery Deaver
Os vinhedos de Salomão, de Jonathan Latimer
Réquiem alemão, de Philip Kerr
Cadillac K.K.K., de James Lee Burke
Uma morte em vermelho, de Walter Mosley
Um mês com Montalbano, de Andrea Camilleri
Metrópole do medo, de Ed McBain
A lágrima do diabo, de Jeffery Deaver
Sempre em desvantagem, de Walter Mosley
O vôo das cegonhas, de Jean-Christophe Grangé
O coração da floresta, de James Lee Burke
Dois assassinatos em minha vida dupla, de Josef Skvorecky
O vôo dos anjos, de Michael Connelly
Caos total, de Jean-Claude Izzo
Excursão a Tíndari, de Andrea Camilleri Westlake
Nossa Senhora da Solidão, de Marcela Serrano
Sangue na lua, de James Ellroy
Ferrovia do crepúsculo, de James Lee Burke
Mistério à americana 2, organização de Lawrence Block
A última dança, de Ed McBain
O cheiro da noite, de Andrea Camilleri
Uma volta com o cachorro, de Walter Mosley

Mais escuro que a noite, de Michael Connelly
Tela escura, de Davide Ferrario
Por causa da noite, de James Ellroy
Grana, grana, grana, de Ed McBain
Na companhia de estranhos, de Robert Wilson
Réquiem em Los Angeles, de Robert Crais
Alvo virtual, de Denise Danks
O morro do suicídio, de James Ellroy
Sempre caro, de Marcello Fois
Refém, de Robert Crais
Cidade dos ossos, de Michael Connelly
O outro mundo, de Marcello Fois
Mundos Sujos, de José Latour
Dissolução, de C.J. Sansom
Chamada perdida, de Michael Connelly
Guinada na vida, de Andrea Camilleri
Sangue do céu, de Marcello Fois
Perto de casa, de Peter Robinson
Luz perdida, de Michael Connelly
Duplo homicídio, de Jonathan e Faye Kellerman
Espinheiro, de Thomas Ross
Correntezas da maldade, de Michael Connely
Brincando com fogo, de Peter Robinson
Fogo negro, de C. J. Sansom
A lei do cão, de Don Wislow
Mulheres perigosas, organização de Otto Penzler
Camaradas em Miami, de José Latour
O livro do assassino, de Jonathan Kellerman
Morte proibida, de Michael Connelly
A lua de papel, de Andrea Camilleri
Anjos de pedra, de Stuart Archer Cohen
Caso estranho, de Peter Robinson
Um coração frio, de Jonathan Kellerman
O Poeta, de Michael Connelly
A fêmea da espécie, de Joyce Carol Oates
A Cidade dos Vidros, de Arnaldur Indridason
O vôo de sexta-feira, de Martin W. Brock
A 37ª hora, de Jodi Compton
Congelado, de Lindsay Ashford
A primeira investigação de Montalbano, de Andrea Camilleri
Soberano, de C. J. Sansom
Terapia, de Jonathan Kellerman
A hora da morte, de Petros Markaris
Pedaço do meu coração, Peter Robinson
O detetive sentimental, Tabajara Ruas
Divisão Hollywood, Josheph Wambaugh
Um do outro, Philip Kerr
Sangue estranho, de Lindsay Ashford
Garganta vermelha, de Jø Nesbo

Este livro foi composto na
tipologia Goudy, em corpo 11/14, e
impresso em papel off-white 80g/m²,
no Sistema Cameron da Divisão Gráfica
da Distribuidora Record.